Grey Symphony 2 - The Hidden Guardian
(Remaster Complete Edition)

灰色奏樂II

背後的守護者

綠茶 著

序言

好的小說常會探討人生的三大經歷：生、死及愛情，子豐的創作在這三面都很獨特。在描繪人的生活中，子豐刻畫的是一種出淤泥而不染的精神，一種難為正邪定分界的灰色樂章。

在有關死亡的情節中，往往看到一種深刻的無常，又看到人與事的消逝，是造就另一新天地的前奏；從世龍父親之忽然死亡而引來了世遷；另亦有一環節因為世遷忘記了帶樂器，而經歷神力之失，並差點被溫德倫殺害。逼近死亡邊緣後，世遷頓悟要增強自我力量，勤加鍛煉，這成就了沒有樂器也可以強壯的世遷，這些情節都讓人看到更生的力量。

而對於愛情的描述，可以看到作者對美好愛情的憧憬，非常柔和、真誠與鍾情；彷彿只用了靜瑜與莉娜的兩種感情線路，其實可代表生活中的很多愛情面貌。

所謂「詩言志」也，詩人常用詩作表達個人的志向與抱負。創作小說之餘，子豐亦著力以自己喜愛的樂器及以音樂的力量貫穿文字創作，宣揚積極正面、真善美的普世價值。

綠茶就是社會的一股清泉！我為學院有這麼一位年輕、傑出、善良的作者而引以為榮！

子豐精益求精，此《灰色奏樂II 背後的守護者》修訂版，創作更加奔放豐富，揉合了科技與魔靈力量的情節；更有世遷與失憶後女主角精彩的愛情故事。只要進入本書的世界，我們定能與綠茶君一起翱翔他創意無限的小說世界。

吳海雅副教授
明愛專上學院學生事務長

灰色奏樂 II 背後的守護者（修訂版）

Grey Symphony 2 - The Hidden Guardian (Remaster Complete Edition)

序章　異變

香港——曾經被三大黑幫統治，充滿著罪惡、腐敗和暴力的一座城市。

銅鑼灣的時代廣場被譽為香港的動脈地標之一，巨型的電視螢幕播放著新聞時事，街道上的霓虹燈正在閃耀。一個在時代廣場頂層天台拔足而逃、拼命奔走的蒙面黑衣人，手持著一個刻印有危險警告標籤的銀色密碼箱。

步速腳法快得驚人，他呼嚕呼嚕急速地喘著氣，迅速環視四周。從天台上望下來，眼下街道上有無數的人和汽車。時代廣場的最高點離地面至少有二百米，蒙面黑衣人不慌不懼，以一早架設好的鋼索繩，一瞬間便從時代廣場的天台滑行到對面的商業大廈天台。

他以敏捷的身手在著地的一刻，打了一個空翻。

「要儘快把這東西交給主人！」他滿懷自信地在口裏沉吟著。

這時候，一陣風「嗖」的一聲悄悄地吹拂而過。蒙面黑衣人感到有甚麼掠過自己，於是便向背後回首看去。

「那可是快要被抓去坐監牢的傢伙，才會說的台詞啊！」說話的人頭上戴著一頂黑色的紳士帽，臉上戴著一副設計充滿藝術氣息的面具，身穿黑色長褸，手持著一把似劍非劍、似鎗非鎗的長型東西。

兩個身穿黑衣的蒙面人對峙而立。

「你是來接應我的人嗎？」蒙面黑衣人問道。

另一方戴著帽的面具人沒作回應。蒙面黑衣人感到對方存在敵意，遂架起姿勢，準備以武力回應。戴著帽的面具人，只見他優雅地把雙手稍微提起，並把那長型的東西擺近到嘴巴前，那把長型東西發出簡潔而有力的單音簫聲。蒙面黑衣人聽見簫聲後，臉容頓時變得痛苦扭曲，銀色密碼箱掉在地上，雙手捂住雙耳。

「那不是武器……是……」蒙面黑衣人非常痛苦，並發出呻吟聲，倒地掙扎。

來不及變身成怪獸異物，在倒下並要失去知覺前的一刻間，蒙面黑衣人用盡最後的力氣伸手出去，像是以乞求憐憫的姿勢向面具人求饒。

雖然真正的臉容藏在那具冰冷的面具下，可是也藏不住他眼神裏對罪惡的痛惡，也蓋不住他骨子裏散發著的一股剛烈正氣。他正是——歐世遷！

「人類擅自研發出這種危險的東西，把惡靈賦予牠們使其進化，牠們已經是超越了人類的存在。繼續悠悠地過著每一天吧！你們這種傲慢之輩，沒有權利去擁有幸福這種感情！你稍後也陪我一起下地獄吧！」黑衣人用盡最後力氣咬舌自盡。

阻止不及，眼見失去了一個重要線索，世遷上前揭開黑衣人的蒙面布，查探對方的真實面貌。然而黑衣人的真面目卻使世遷震驚著，但更重要的是後面的東西，因此他轉身停步在銀色密碼箱前，只好凝視著眼前的箱子，並小心翼翼地拾起檢視前後。一番查看過後，不祥的預感衝擊五官。

果然守護者的直覺是準確的，突然間，冷透心骨的氣息後撲而來，是濃烈的殺意，還是陰寒的冷風？意識到生命危機的瞬間，歐世遷龍泉在握，意發簧鳴，音化利刃，轉身即是——「一音縱橫」！

一音縱橫，氣勁匯聚，單音之擊化成金黃色的氣勁利刃把身後異物一分為二，一瞬斃命。餘勁直衝天際，雲霄裂半。斃命瞬間，異物屍首裂開倒地，徹底的破壞力使異物不能再生，一道黑影從異物體內消散成霧，灰飛煙滅。

自得音樂力量以來，歐世遷第一次毫不留情地擊殺對手，沒有任何迷惘的一音之擊。深知面對此物不能留手，歐世遷凝視著面前的異物屍體，佈滿鮮血且噁心的內臟遍落地上。颼颼的風吹動起髮絲和衣襟，憂心忡忡的歐世遷不禁地將視線從天台上倏然移至遠方，遠眺著再一次充滿危機的香港。

在世界的另一方——英國。一座商業大廈內的停車場，燈光昏暗，一個穿著西裝的男人跪在地上痛苦呻吟，滿頭大汗，氣吁吁地搖著頭，彷彿要掙脫什麼一樣。忽然，手上的血管突然撲通的脈動著，全身肌肉不斷發熱又膨脹，眼球冒出血絲，牙齒變成銳利的獠牙，全身體毛逆豎。低沉的撕啞聲音在沉吟著，男人徐徐地以怪異的姿態在地上爬行起來，身體左搖右晃，充滿血絲的眼球不規則地轉動，彷似找尋著獵物般，向出口疾奔而去。

第一章　暗湧

二零三四年十二月，聖誕節悄悄地來臨。雖然我們都知道聖誕節是代表冬天的來臨，可是在全球暖化的影響下，香港的冬天已經變得越來越短暫，對於擁有伴侶的年輕人來說聖誕節是一個值得慶祝，而且歡欣的節日。銅鑼灣的街道上隨處都可以看到成雙成對，手牽手的情侶，滿面笑容地推銷聖誕蛋糕的女大學生，為炫耀經濟能力驅名車的男人，到處都裝飾著聖誕節的飾物，更可以聽到聖誕節的詩歌。好幾個裝扮成聖誕老人的店員在街上分發傳單，大聲宣傳著自己的店舖。

曾經因為黑幫統治而變得蕭條的香港，在「幫府」一事之後，情況漸趨好轉過來。現在人們能夠如此幸福地活著，這一切功勞全歸一名少年——歐世遷。他得到天上之神——耶魯斯的幫助，以笙音樂力量把混沌的世界從黑幫操縱中解放出來，重新穩定了香港社會和國家發展。約五個月前，歐世遷成為了新社會的轉捩點。

雖然社會已經比之前變得和平穩定，可是一些零碎的罪案事件仍時有發生。失去了黑幫的統治秩序，香港人開始要重新適應屬於政府管治的系統。

「撲滅罪案應該是由警察處理的啊！」世遷一邊自言自語沉吟，一邊雙手插在褲袋，在街上踽踽獨行。

「你開始變得懶惰了啊。」耶魯斯像是譏諷的語調對世遷說道。

「作為一個良好市民，我們應該警民合作。有事就應該報警打電話999，我現在不過是個讀音樂的學生。嘻嘻嘻！」世遷淘氣且洋洋自得地回答。

「臭小子！」耶魯斯沒好氣地說。

今年的歐世遷已經是一位二十歲的青年，樣貌依然俊朗，只是開始變得成熟的他，臉上常常掛上了一絲唏噓，仔細看眼眸裏總是藏著淡淡的憂傷神色。大概是因為莉娜的事情吧……

歐世遷是香港三大黑幫魂鷹社頭目之子，身家資產豐厚。幫府一事之後，他散盡家財，把資源用作更多的公益慈善，另一部分則託付母親管理，而自己只是用一個平常人的狀態來生活。

早在三個月前，世遷在藝術學校的門前碰見一名與莉娜樣貌相同的女子，他深信這人便是自己過去認識的藤原莉娜。可是經過三個月來的明查暗訪，世遷千方百計接近和試探，甚至把自己與莉娜的過去經歷編寫成一封情信轉交對方，希望她能記起與自己的一切，可是對方依然是無動於衷。世遷認為對方根本就認不出自己，於是他一直在尋找背後的原因，並在暗處默默地保護著失去記憶的莉娜，成為背後的守護者，實現自己當天的誓言。

雙手插在褲袋的世遷在銅鑼灣的街道上隨意漫步，碰巧看到電影院外的一張海報。

「生化世界……」世遷輕聲地唸出海報上的電影戲名。

在好奇心的驅使下，他踏進了戲院，徐徐地走到售票處的前面。

「麻煩您，我想要一張即場的《生化世界》戲票。」世遷禮貌地說道。

突然一陣喧鬧聲從後傳來。「喂！排隊啦，乜你打尖咁無禮貌㗎！」

回頭一看，世遷發現後面有一條長長的隊龍。於是尷尬的氣氛籠罩著整個售票處，世遷只好連忙說聲不好意思，然後硬著頭皮立即走到隊龍的最後排隊。

「唉，而家啲年輕人真係不知所謂，要將佢拍片放上網呀！」

「算啦，小事一樁。」

各式各樣的談論言語傳入世遷的耳中，他只好一臉尷尬地默默承受。

「唉……以前有管家替我辦理一切，現在我只好靠自己這雙手了。」世遷嗟嘆著。

看著成雙成對的情侶手牽手在排隊，溫馨的場面使世遷的心裏有著說不出的感慨。自己犧牲了一切來換取社會的繁榮穩定，可惜這樣的他卻得不到屬於自己的幸福和快樂，更得不到別人的崇敬，或許這就是屬於面具英雄的命運吧！他只好這樣自我安慰著。一番的等待輪候終於到世遷了，他再一次說出要一張即場的戲票。

「先生，你會不會考慮我們戲院現在推出的聖誕優惠，二人同行可以享有八折優惠啊！」售票員禮貌地問。

世遷一臉尷尬，面頰不禁泛紅起來。因為進入戲院的人士大多數都是拖男帶女，目前來看只有他一人孤身進場。

「不用了……一人即可，麻煩你……」世遷微微地低下頭，吞吞吐吐地回應。

「嘻嘻嘻，哈哈哈！」耶魯斯在發出笑聲。

世遷擺出一副鬼臉，然後嘰著嘴巴，心裏只想儘快取票然後進場。

聖誕節這種節日，戲院當然是十分擠擁，因此世遷選擇的位置只能在一些旁邊位置，那就是俗稱的「徙置區」。

「唉，終於能避開那些尷尬氣氛了。」世遷呼了一口氣，如釋重負。

電影終於開始了，昏暗的環境讓觀眾伸手不見五指，襯上詭異的配樂，使人覺得劇情撲朔迷離，緊張的氣氛讓人喘不過氣來，眾人屏息靜氣等候著驚嚇的拜訪。

電影的內容是講述一個邪惡組織慾控制世界，並由地下神秘組織研發出一些病毒，這種病毒一旦擴散開去便一發不可收拾，最後整個世界都出現了活死人，也就是我們俗稱的「喪屍」。血流成河且動魄驚心的場面，充斥著整個大銀幕。尖叫、閉眼、咬牙、擁抱，成為了戲院內每個人都必然會出現的動作。

一輪驚嚇過後，觀眾們都帶著抖顫的身軀離開戲院，每個人都在各自交頭接耳，與自己的朋友或伴侶討論著剛才戲中的內容。有人說是荒誕，亦有人認為世界真的是存有這種活死人。

「你相信現實世界有這種事情發生嗎？」耶魯斯問。

「哼……天上之神也能融入我意識和身體，哪有甚麼不可能？」世遷輕佻地回應。

「懶巴閉……」耶魯斯譏諷著。

「真和平呢……這香港！」世遷在戲院的門前，仰頭望天，歡欣地感嘆著這種和平的日子。

深呼吸的瞬間，世遷雙眼一眨，強烈的一道意識閃過，那是危險的提示。忽然，一道身影從天而降，以高速墜下襲向世遷……

第二章　噩夢

飛來橫禍，一個從天而降的人形物體，從上空朝向歐世遷的位置撲面襲來。歐世遷意識閃過瞬間，身體已經作出及時閃避動作，躲開剛才的危機。

呯噗！一聲巨響，人形物體墜地，手腳殘肢散落四周，血肉模糊的畫面映入途人的眼簾。驚怕的途人四處躲避，驚惶的尖叫聲使場面一度陷入混亂。世遷舉步上前查看，發現屍體穿著一件簡單休閒服裝，可是衣服已經被血液全都染滿了紅。於是他搜查了屍體的服裝口袋一遍，並從中搜獲到一個屬於死者的銀包。身陷死亡氣氛裏，像受到一些怪異感覺的引導，世遷從死者現場快步離開，並開步快跑到時代廣場的天台。

勘察天台的四周卻毫無發現，但由於守護者的直覺，世遷從牆壁和地上的刮痕可以感受到這裏曾經發生過一段激烈的鬥爭。憑著直覺四處仔細觀察，在一處暗角裏他發現了一部智能手機。可是手機的螢幕已經破爛碎裂，世遷只好把其收藏在衣服的口袋裏，取回家中調查事情的究竟。歐世遷感覺到這不是一件普通的謀殺案件，從他的守護者直覺來看，事情並不簡單，總是有著一種衝擊他意識的感覺，彷彿有甚麼災難將會發生似的。

本來以為那場「幫府」的最後一戰為分水嶺，香港社會已向著和平的方向啟航，但是現在發生的事情卻令世遷彷彿感覺到一陣戰慄的感覺，那是「幫府」無法比擬的事情，甚至是更可怕的事。

警笛聲從遠處逐漸接近，警車和救護車開始到達兇案現場。在附近的一棟商業大廈天台的暗角，一名嘴角有痣的神秘黑衣男正在窺視著世遷的一舉一動，並提起自己的手機向著電話的另一方匯報自己的情況。

「我會處理好，主人請放心！」神秘的黑衣男戰戰兢兢地說道。

提著死者的遺物，歐世遷迅速從銅鑼灣時代廣場乘搭地下鐵路回家。自從「幫府」一役後，他把歐氏大宅出賣，並搬到了九龍區一間較小的單位獨自居住，直至現在。短短十五分鐘的車程中，世遷沉默不語，腦海裏不斷回憶著剛才的事情，像要從中尋找端倪線索。

「咔！」世遷鎖住大門的門鎖。

「呼！」他坐在沙發上，綳緊的神經和肌肉終於得到一絲的放鬆。

接近半年的短暫和平，彷彿宣告停止，等候著歐世遷的似乎又是一場惡戰。

翻開死者的遺物，那銀包和手機都散發著不祥的氣息。耶魯斯在世遷的內心和意識裏隱藏起來，全然沒說過半句話。

「王毅……出生日期……二零零零年……即是死者三十四歲？」世遷翻看著銀包內的身份證明文件沉吟著。

銀包內只有二百多元的少量現金和一張身份證，可是這張身份證的材質手感奇怪，雖然驟眼看下幾可亂真，可是自小成長於黑幫的世遷，對偽造文件的事情也比較敏感和有深刻的認知，於是他在懷疑這是偽造的身份證。回想起死者的樣子，雖然是血肉模糊，可是從身型和衣著來看，世遷可以憑這些特徵推斷到死者的年齡應該不止三十四歲。

放下銀包，世遷再拿起死者的手機查看，發現電話的屏幕已經破裂得不堪入目。在科技方面世遷卻不是專才，因此他也沒辦法開啟電話的內容，只好將電話放好在密實袋裏面保存。

唯有等待明天一早把手機拿去修理的專門店，看看有沒有師傅能夠修復吧！世遷的心裏是這樣想著。之後他的視線移向擺放在靠牆角一旁的桌子上的樂器，那是他一直用來守護著世界的神聖之物——笙，還有一直掛在牆上的面具。

還以為解決了那兩個「老而不」[1]，這便可以變回一把單純的樂器。但現在又……世遷希望在和平的世界裏樂器能為人帶來歡欣快樂，而不要再一次變成武器。他一直認為天上之神耶魯斯選取

1 「老而不」指的是馬忠延和孫葵英。

自己，是因為他的使命只是需要守護這個已經扭曲了的香港社會，可惜現在……

要不要把這些遺物交由警方調查呢？歐世遷的腦海裏不斷浮現出這種想法，因為他的心已經累了。幫府之事已經使他失去了莉娜，雖然在藝術學校仍能夠看到她的身影，可是現在的莉娜根本就沒有關於自己的記憶，好像兩人從來都不認識一樣，二人現在的關係彷若陌生人般，世遷心情複雜。他害怕自己會失去更多，因為過去已經失去了對自己最重要的人。骨子裏充滿著正義感細胞的歐世遷在心裏不斷掙扎，矛盾的想法擾亂了他的思緒。

「耶魯斯，祢知道是怎麼一回事嗎？」世遷閉眼用心語問道，彷彿在自言自語一樣，但回應他的就只有寂靜。

「平常無聊的事情祢就喜歡胡說一大堆，現在正經的事情祢又沉默。哼！」世遷抱怨著說。

「以前我不是已經跟你說過，人類下界的事情我不能直接插手干預，我唯一能透露的是，這事情……並不簡單。」耶魯斯收起一貫談笑風生的語調，既認真又憂心似的說道。

面對這種口吻的回答，世遷感覺到耶魯斯有著一種難言之隱。

「唉，算了……」世遷別臉過去，噘著嘴巴，像個孩子般。無奈的他，只好拿起自己的手機擦著，彷似猶豫著和掙扎著甚麼事情。

「唉，還是打個電話給他啦！」世遷終於願意下定決心，並撥通了電話。

「喂？臭小子！聖誕節快樂啊，在這個時分找我應該不會是有甚麼好事吧？」一把上了年紀的低沉男聲在電話的另一邊說道。

「處長，是我歐世遷，有事想請你幫忙……可以嗎？」世遷不好意思，像擔心打擾人的心情勉強啟齒。

原來對方是退休的警務處處長。「啊……香港三大黑幫也被你擺平了，還有甚麼事情可以讓你憂心至此呢？哈，臭小子。」

聽著退休處長從容不迫的語調，原本情緒緊張的世遷也稍微放輕鬆下來。

「實不相瞞，今晚我經歷了一點事情，想看看你能不能幫手？事情是這樣的……」世遷向退休處長和盤托出，希望對方能夠助一臂之力。

「好吧，我明天晚上有空可以過來一趟，修復手機的事可以稍等一下，我認識一些更專業、更能夠保密的朋友，他們應該幫得上忙。還有呢，我說過我已經退休了。」退休處長用淡定且幽默的口吻說道。

「啊……不好意思，那就這樣定下吧！感謝你！我們明晚見吧。」雙方電話掛線後，世遷嘆了一口氣，把無奈的感覺吐了出來。

扭動水龍頭，散發出霞氣的熱水流過每一寸的髮絲和皮膚，哇啦哇啦的水聲滴答在浴缸的地上。手握拳頭捶向牆身，世遷為那男人死去的生命慨嘆惋惜，同時也為自己來不及拯救感到無力。鬱結的心情只有哇啦的水聲陪伴，熱水可以驅散肌肉的疲倦，但帶不走的是人心的疲憊。

整潔的毛巾抹淨了濕滑的髮絲，摻雜了憂鬱的眼神在浴鏡中凝視自己的臉容，彷若審視著自己的人生和一切。梳洗更衣之後，人靜了，身也躺平了。在房間的床上，歐世遷呆望著那本藤原莉娜曾遺下的手寫日記。那是記載了甜蜜、心酸和苦澀的文本，話雖如此，但這的確記載著世遷和莉娜的一切。可能受到莉娜的影響吧，從小到大性格剛強、不懂溫柔的世遷，自幫府一事後，人都轉變得感性。過去瀟灑的他居然會在網上寫起日記來，並化名Destiny，用此名在網上世界記錄下自己的生活大小事。

當然戰鬥的事就不會記錄，免得身份曝光。在網上世界舒展完文字感情後，歐世遷也敵不過疲憊的來襲，只好倒頭在床，呼呼入睡了。

窗櫺滲透的微光，使黑暗的房間添了一份詭異又實在的感覺。「嗚呀！」一道又一道慘烈的哀鳴聲四處冒起，彷彿立身於死亡氣氛中，殺機處處。微風傳來漸重的鏽味，刺激嗅覺，漫流在地上的腥紅，使人腳步沉重。驚心動魄之際，他拖帶著戰慄的身軀轉身，所見之物更是訝異。邪惡的生物以尖銳的獠牙咬破自己頸上的血管動脈。死亡的可怕、皮肉撕裂的痛，也不及內心的痛。

「怎……怎會是你……怎可以是……你……」

雨停風靜，失去氣力的他倒地死去，卻換來滿頭大汗的起坐活來。睜眼一瞬，世遷「呼呼」貪婪地吸了幾口氣，原來一切只是個噩夢！

調息的一刻，房間外的客廳傳出「呼呼嘭嘭」的聲響，刺耳且令人目眩，擾亂著世遷的神經和意識，他的瞳孔閃爍著怪異的顏色。

詭異的事情一浪接一浪，到底是甚麼刺激著歐世遷的神經？死者的真正身份又是誰？一切即將逐步解開。

第三章 處長陳洛文 Samson

過去三大黑幫——歐世鷹的魂鷹社、馬忠延的雲千社、孫葵英的葵英社，當中以魂鷹社實力最強，然而從幫府一事後，三幫合併為一。可是經歐世遷智謀巧取，並輔以音樂力量配合政府的打擊後，香港的黑幫勢力已大大減退。當然也會有零碎的反抗力量，可是餘下的已難再動搖法治根本，政府再一次重新成為掌管社會秩序的角色。

聖誕節前的半個月，一間娛樂場所內五光十色，昏暗環境下，有著無數把聲音。悄悄的情話、粗穢的言語、狂歡的叫喝，不同的話語遊走在男人的耳邊。香煙的煙霧使空氣混濁，男人享受著味道，嘴角流露出陰險的笑容。雖然身型瘦削，但他走路的姿態卻是充滿自信，彷彿領導者般的人物，有種讓人不容忽視的氣場。

「已經確認了。」嘴角有痣的人低下頭，悄悄地在男人的耳旁匯報。

「好！」嬌柔的聲線，語帶鄉音的廣東話，是叫人悚然的那個人。

男人得悉消息後，隨即轉身而去。在轉身的剎那間，長頭髮束成的辮子輕飄一下，不經意地讓旁人發現那張陽不陽、陰不陰的嘴臉。他就是喜怒不形於色，善於狡言虛詐，旁人從來猜不透他心思的孫葵英。

自幫府一事後，政府對外宣稱雲千社的馬忠延和葵英社的孫葵英已死，黑幫地下勢力徹底瓦解。現場回收到的屍體也經驗屍官作證實，因此他們二人早已不存在於世上。

自行駕駛著全黑色的平治房車，在公路上走過了差不多要一小時的車程，而最後卻停泊在一段夾在兩座工廠大廈間的小路旁。「咔嚓」孫葵英從車內的收納箱取出一把手鎗，並上好鏜。腳部輕快地穿插走過幾間工廠區後的屋苑，途經的景物都勾起了十年前的回憶。當年彷若徙置區的大型屋苑，如今都已經逐漸清拆，經過一個又一個的地盤卻被怪異的白霧籠罩著。本來輕快的步伐卻因四周的霧氣而放緩，涼薄的空氣使人呼吸不暢，明明是平地為何空氣會如此……孫葵英有一種熟悉的感覺卻又喃喃自語著。彷彿置身在小說故事的情節裏，撲朔迷離的感覺纏繞著他的思緒揮之不去，孫葵英在這種緊張的氣氛下握緊著自己的手鎗繼續前行。

一幢舊型屋苑內有一部看似平平無奇的升降機，孫葵英嘴角微微翹起，然後進入升降機內把按鈕全部都按了一次，而且是熟練地由最高的樓層開始按下雙數，順序由上而下按一遍。當按鈕全部被按完之後，升降機開始下降至大廈屋苑的最底層。

「果然還是沿用這套解鎖的安全系統……」孫葵英的樣子彷彿在密謀著甚麼似的。

正當門打開的一瞬間，視野突然變得更開闊，可是面前的景象卻使孫葵英咋舌。前所未見的景象映入眼簾，與情報不同，面前看到的絕對不是孫葵英所預期的，但他的反應又不至於惶恐失措。

一個個裝滿綠色液體的防爆圓柱箱連接著很多不同的電線和管道，感覺就有如一個大型實驗室。圓柱內有各式各樣的怪異魚類在游走，數米開外的孫葵英雖然是遠觀，但依然感覺到面前的生物有高度危險性，是可怕的存在。

「嘖……這真是惡趣味。」孫葵英吐嘈著面前景象。

「是……嗎？」一把男人聲從後面傳過來。

孫葵英立刻轉身用鎗瞄準後面之人。

「孫老大，意外嗎？」嘴角有痣的男人一副不懷好意的樣子望著孫葵英。

「果然和我想像中的有落差，但……挺有趣。帶我去見他吧！」孫葵英一副淡定的嘴臉回應，彷彿早就預料到似的。

「還早，主人是不會見你的，除非你先付出誠意。」嘴角有痣的男人奸狡地想愚弄孫葵英。

「這一方面可以！可是……你是甚麼時候背叛我成為他的走狗？」孫葵英一邊反問，一邊收起鎗。

嘴角有痣的男人目露凶光地瞧著孫葵英，樣子可怕得像想殺死面前的人一樣，但因為一道命令，他只能強忍對方的說話。

男人把孫葵英引領到一間密室，裏面有著一張手術台和儀器，上面擺放著一隻被麻醉了的小狗，四肢被牢牢的枷鎖釘固在手術台上。旁邊有一名穿著白色制服袍的博士在準備為小狗注射一支針筒液體。

孫葵英見狀立刻上前喝道：「等等！」叫停了面前的博士。

嘴角有痣的男人上前用力推了孫葵英一下：「你在多管甚麼閒事？」這位男人開始按捺不住對孫葵英的不滿。

「不……別動氣！博士你繼續吧！」孫葵英一邊向男人致歉，一邊對博士說。孫葵英從眼角的餘光裏留意到對方的胸口上掛著一張工作證，上面寫著的名字叫做王毅。他遂帶著陰險的口吻再次講話：「王博士，你要加油啊，世界未來的重擔就託付於你！」之後再向博士友善地頷首點了一下頭。

一頭霧水的博士也報以輕微的點頭作回禮。

嘴角有痣的男人把這一幕看在眼內，心裏不是味兒，但有命令在身，因此只能作罷。男人把孫葵英帶回地面，並向他說明若然在限期內未能展示誠意，主人是不會答應他的見面要求。

孫葵英表示自己將會向那個「主人」展示誠意，然後便返回自己的座駕，絕塵而去。

一種刺骨且震撼五臟六俯的感覺，令雙手握著方向盤的孫葵英抖顫。這裏明明就是當年歐世鷹的私人軍火庫，一間佔地差不多半個維多利亞公園大小的軍火庫如今在孫葵英的手上再一次開啟，景象卻是與自己想像的截然不同。他的嘴角用力翹起，穩著抖顫的手，一副陽不陽、陰不陰的嘴臉展現出信心且邪惡的感覺。

「哼！我終於明白當年歐世鷹是如何的心情了！」歐氏軍火庫曾經讓歐世鷹有恃無恐，如今被改成不明的實驗室，孫葵英眼神變得精悍，用力踩下剎車，奸險的他仰天長嘯，發出叫人心寒的狂傲笑聲。

到底孫葵英在打著甚麼算盤呢？而那個主人又是誰呢？

聖誕節翌日，客廳裏的電視機播放著娛樂節目，歐世遷一邊用耳朵聽著節目主持的旁述，一邊在製作自己的小巧模型。

「叮噹！」一陣門鈴聲突然響起。

歐世遷放下手上正在做的工作，連忙走到門前開門。

「喂……幾個月不見，為何好像又長大了幾歲的樣子？」門外的人用搞笑的口吻向世遷打招呼。

「唉……入來坐吧，處長！」歐世遷沒好氣地招呼門外的人進來，那是退休處長。

「上次都已經向你說過我已經不是處長了，現在只是一名退休人士。不要稱呼得這麼陌生了，我們都是並肩作戰過的戰友，就稱呼我Samson吧！」

「哦……那便稱呼你的英文名Samson吧！」世遷尷尬地回應。

「這是甚麼玩意？」Samson問。

「這是……樂器模型……」歐世遷吞吞吐吐。

「是弄給女孩子的禮物嗎？」Samson斜眼看著世遷，輕聲地問。

「……」歐世遷臉上突然泛紅，尷尬地支吾以對。

「先不說這些吧，說回正事。」世遷轉移話題。

世遷直接從櫃內的抽屜中取出昨晚從死者身上拿走的遺物，交給Samson檢查，並詳細地講述昨晚事情的一切始末給對方知道。

「唔……大致上我都了解了，這事情的確不簡單。聽起來就好像一單謀殺案一樣。」Samson輕輕地撫摸著自己的下巴、皺著眉思考著。

「那麼他的遺物就交給你處理了，希望修復電話後可以查出甚麼蛛絲馬跡。」世遷把所有撿獲回來的死者遺物都轉交到Samson的手上。

「好的，放心交給我吧！」Samson滿滿自信地拍胸答應。

「啊……其實我也有一事想請求。」Samson突然來了一個不情之請。

世遷皺著眉、滿臉疑惑地望向處長。

「我想讓自己的兒子跟你學習笙，可以嗎？」Samson不好意思地吞吞吐吐問。

「吓？」世遷一臉愕然。

「我知道有點奇怪，不過……」Samson尷尬地說道。

突然一把震撼的聲音從電視機傳過來，劃破了二人尷尬的對話。

「特別緊急新聞報導，傍晚時分警方臨時發出一道緊急通緝令，並向大眾市民致歉。昨晚聖誕節一名十九歲中國籍男子突然發難突破獄警防線，並於混亂之際趁機逃獄，警方發表聲明證實越獄男子就是之前拘捕的重犯溫德倫，由於犯人思想極端，行為失常，有危害公眾安全的危險，因此警方現正發出一道緊急通緝令，全力追捕越獄逃犯，並呼籲市民鎖好門窗，防止逃犯有機會進入任何地方。對於延遲公佈消息，警方再次向公眾致歉，希望市民能夠同心協力，如有發現請立即舉報罪犯。」

「怎會……」世遷握實拳頭，憂心忡忡地凝視著電視機，一種不安的感覺充斥著他的思緒，Samson也被突如其來的消息弄得不知所措，黑暗的危機終於揭開序幕。

第四章

逃獄者

這個景色，實在噁心至極……這到底是要怎樣刺激起我的怒氣才足夠呀！有正在玩康樂棋的，有正在球場打籃球的，有聯群結隊站在鐵絲網一旁閒聊的，身穿著啡色的囚犯服裝，胸口上都有著各自不同的編號。人類無知和愚蠢的氣息瀰漫在空氣中，我本是人類中最頂層的天才知識分子，但是現在卻與這些低劣的賤命困在同一個骯髒的空間內。

這裏聚集了人類最墮落的靈魂，沒錯，這個年輕的男人就一直困在這裏，赤柱監獄。

低賤的人類，你們大可以遺忘我這個天之驕子，悠悠地過著虛假的聖誕和平日子。把我這種人困著，你們才應該被稱為傲慢之輩。人類有權利去擁有幸福這種感情嗎？沒有，所以，我要破壞這一切！不過，我首先要殺死那兩個可惡的人！

我被關押了約五個月的時間，從獄警的口中我聽到歐世遷把香港三大黑幫瓦解，恢復社會秩序。在得知這件事的時候我怎樣也無法冷靜下來，因為作為天之驕子的我，應該是我帶領著人類進入新的世界，是我才有本事把世界導回正軌。可是這兩個甚麼奏笙彈琴的人，竟然可以做到我想做的事情，這實在令我無法忍受。歐世遷和藤原莉娜為我帶來屈辱的情景不斷重複閃現在腦海裏，我無法抑壓這股憤怒。而且我最討厭就是歐世遷那充滿自信的樣貌。但是，那個時候我仍未得到那位「大人」的機會，一個令我能重獲自由和復仇的機會。

男人被關在這裏，一直伺機逃走。剛才為止那些令人火大的景象，只不過是他腦海的聲音。他一直壓抑著憤怒的情感，一邊把視點轉移到其他囚犯的身上，從當初充滿憤怒的眼神到現在，他已經不會再因憤怒而顫抖，因為很快他便能夠欣賞著歐世遷因苦惱而面容扭曲的樣子。他舔著復仇的味道，精明的腦袋加上縝密的心思，眼眸裏盡是詭異。

傍晚時分，走廊裏迴響著腳步聲。獄警的靴子敲擊著堅硬的瀝青地面，然而這陣腳步聲在單人囚禁室的門外停了下來。「來吧，是時候開始了，我心裏是知道的。」

刺耳的金屬撞擊聲響起，那是一道厚重防彈的金屬囚室門正在被打開。面對至今都沒有半點悔改之色的犯人，獄警以輕蔑的口吻命令說：「犯人2011，立即站起來！」獄警的嘴角微微向上揚起，臉容從剛才的輕蔑變成恭敬的笑容，他一邊熟練地對犯人進行身體檢查，一邊壓低聲線說道：「溫德倫先生，已經安排好了。」

犯人沒有回答只是一直凝視著那獄警，直至「哼！」一下輕蔑喉聲，犯人突然發難搶去獄警的警棍，隨即便是重力攻擊對方的後頸，獄警應聲倒地昏去。

按捺不住內心的歡欣，使之盡展在猙獰的臉容上，充滿詭異的眼神凝視著昏倒過去的獄警，滿面邪惡氣息的溫德倫開始壓低聲線喃喃自語。

「我說過了吧，人類就是低賤和醜惡，沒腦筋的人類與行屍走肉根本沒分別。人類也會像怪物一樣突然暴露出醜惡的模樣，把活人嚼骨吞噬嗎？嗯，看來人類已經忘記了自相殘殺的本性，與其放任人類墮落，不如讓他們進化吧！和平的世代、歐世遷的狂妄和人類的愚蠢將會因為溫德倫這個名字的恐怖而感到顫慄，然後回想起原來自己甚麼也辦不到，只能束手等待，等待著充滿恐懼的死亡。人類多活一會兒吧！新世界將會孕育出新的物種，帶領世界變革的將會是我——溫德倫！」

溫德倫發出令人心寒刺骨的狂傲笑聲，轉身開步從單人囚禁室逃獄，並一直向著通道的另一方不斷奔跑疾走，直至身影逐漸消失在監獄的通道裏。

第五章 歸來的同伴

自「幫府」一事之後，歐世遷在短暫的和平時間之中，經歷了那份對藤原莉娜的悔疚，自那之後，他的腦內一直停滯了對守護世界的思考。當再次碰見莉娜之後，世遷對人生的想法有了一定的改變。

得悉溫德倫逃獄之後，世遷整個晚上也不能安睡，在輾轉反側之下他勉強在床上躺到天亮。為了讓自己的思緒保持清醒，他決定要進行強身健體的訓練，於是他換好運動裝束，並到鄰近的公園長廊跑步，因為他深知不能單純依靠耶魯斯賜予的音樂力量，自己的心靈必須要強大起來，身體也需要撐得起強大的意志力，才能在戰鬥中發揮出最佳的效果。

世遷一直沿著公園長廊緩步跑，帶氧運動有助訓練心肺功能，提升新陳代謝，對於整理混亂的思緒有莫大的幫助。他緩步跑至西九文化區的海濱長廊，用搭在肩上的毛巾擦拭著臉龐四周的滾燙汗水。「呼……」世遷大大地呼了一口氣，然後徐徐地走到一旁的欄杆，遠眺著對岸的維港景色。夾帶鹹味的海水隨風飄來，他閉目養神，舔著這種味道的歐世遷被順斜而下的海風吹動著髮絲。

「嘩……乜你冇剪髮咩？啲頭髮又長咗嘅！」熟悉的聲音彷彿喚醒了久違的感覺，世遷睜眼瞬間，一名老人出現在他的面前。
「管……管家？」世遷按捺不住心裏的掛念，淚水在眼眶內打轉。
「少爺，別來無恙嗎？」管家也眼泛淚光地保持一貫親切慈祥的笑容，向世遷問好。
「嗯，很久不見了。」世遷哽咽著。
「不過是分開半年而已，可是少爺你看起來憔悴了很多，是頭髮長了被髮型影響了嗎？還是自己一個人生活太辛苦？」管家關心著世遷這半年來的生活狀況。
「開始習慣了，不過是當夜闌人靜的時候又會感覺有點兒寂寞。」世遷在自嘲著。
「找到她了嗎？」管家不好意思又輕聲地關懷問道。
世遷微微低首，眼神裏盡是無奈，牙齒咬著嘴唇，彷彿有著難以啟齒的千絲話語。
「我猜是找到了吧……不過看似是出了岔子。」管家直接道破。
世遷嘆了一口氣。
「你是我養大的，我又怎會不知道你的心思呢……單看你的眼神我就懂了。」管家繼續說道。

「她好像忘記了我，沒有任何關於我的記憶。無論我對她做甚麼事情，她也沒有任何反應，我真的沒法子了，只能一直這樣子守在她的背後。」世遷感慨地敘述這半年的事情給管家知道。

聽過世遷一番敘述之後，管家也只能無奈地嘆了一口氣，然後憂心地說道：「莉娜小姐出了情況已經令你情緒低落，兩日前又發生了這種意外事情，而昨晚又……」管家在替世遷擔憂著。

「你也知道了嗎？」世遷問道。

「昨晚的事情如此轟動，我又怎可能會不知道啊，雖然我是退休狀態，可是我還會留意世界資訊，不要小看老人家啊！」管家自信地回應。

苦澀的臉容一直伴隨著世遷數個月，可是遇見管家之後，他開始有點笑逐顏開。

「從小到大你都是由我照顧，雖然你已經長大成人，但在我的心目中依然是一個小孩子。不過我以前認識的少爺，富有正義感，任何時候都對自己充滿自信，做事精準明確有目標，而且總是抱著從不放棄、堅持到底的態度。我希望少爺能夠再一次成為面具人——歐世遷。」

歐世遷佇立原地，眼神依然是散渙且挾帶著猶豫不決的樣子。

「謹守原則，不忘初心！記得我以前曾經向你說過這句話嗎？」[2]

管家一席話，瞬間讓世遷憶起兒時的誓言：「把扭曲的世界變遷！」這也是讓他改名為「歐世遷」的緣由。

「相信自己的信念吧！」管家輕拍世遷的肩膀，再次鼓勵著。

彷若抹去臉上的陰霾，世遷逐漸打起精神，眼神也再次變得精悍。

忽然，一陣腥臭味隨著海風飄送過來，雖然味道不太濃郁，可是嗅覺靈敏的世遷依然能夠在隱約間分辨到那難聞的氣味。

「管家，你嗅到嗎？」世遷扶著欄杆，視線朝著海水望去。

「當然，我雖然是老人家，但我的鼻子也很靈敏。」管家一邊捏著鼻子，一邊說道。

海面上突然有一些發紫的死魚浮上來，而且數目還越來越多，二人在海邊觀察了數分鐘，開始感覺事情不對勁。

2 在《灰色奏樂 混沌世界》中，音樂會計劃的前一晚，管家曾經向世遷說過這句話。

「看來我的預感沒有錯誤，真的應該會有大事件要發生了。」世遷的臉色頓時變得沉重起來。

「少爺，那個……」管家吞吞吐吐的樣子，似乎是有甚麼想提問。

世遷把雙眉一推，望向管家，就好像向對方說，有甚麼你就直說吧。

「那個……給你神奇力量的東西還在嗎……？」管家欲言又止、戰戰競競地說。

「東西！他竟然敢把我稱為東西！」耶魯斯在世遷的意識裏一副不是味兒的樣子。

「他不是這種意思……」世遷在意識裏連忙為管家向耶魯斯解釋。

「唔……祂的名字叫耶魯斯，是天上之神，沒錯，祂一直在與我一起。管家你以後不要稱呼祂做東西啊，因為呢……祂為人很小氣。」世遷淘氣地向管家悄悄地說。

「好好好，天上神明，剛才真的不好意思！」管家慌張地連忙雙手合十向著世遷，不，準確來說應該是向寄居於他體內的耶魯斯送上歉意。

「哼！」耶魯斯也淘氣地別開臉去。

「沒事！從今日開始大家一起努力吧！」世遷伸出拳頭示意向管家碰拳，以證共付目標。最終二人決定再次主僕合作，迎戰未來危機。

歐世遷與管家交待自己還有功課和其他事情需要處理，於是二人便分道揚鑣，並承諾保持聯絡。

「雖然我不太喜歡那老頭子，因為他不懂對神放尊重點，但他真的是一個好人，更是你的家人。」耶魯斯對管家有著很高的評語，也認為對方是一個心地善良而且願意全力協助世遷的好人。

「沒錯，對我來說他是如同家人般的存在，更是一個值得信賴的好夥伴！」世遷懷著精悍的眼神前行。

清晨的陽光映照著那巍峨的身影，影子落在青瀝的地上，合一堅定的意識使步姿更具氣勢，彷彿過去那個護世的「面具人」要再次橫空現世。

第六章 神的承諾

「幫府」一事後，香港恢復和平秩序，「面具人」彷彿已經再沒有被需要的感覺。零碎的罪案也不過是一些小嘍囉在造謠生事，根本就不能動搖或再次推翻政府的法治管理，因為香港三大黑幫已經在歐世遷的介入下徹底瓦解。一些維持治安、打擊罪惡的事情都是交回警方處理。加上失去藤原莉娜這個既是戰鬥好夥伴又是愛侶的人，世遷的生活已經變得非常乏味平淡，甚至已經與一個普通人無異。並不是世界和平不好，而是自己好像沒有被世界需要的感覺，而且更沒有一個可以讓自己分享生活狀態的傾訴對象，伴隨著的就只有「寂寞」兩個字。再次遇見管家後，歐世遷彷彿找到一個新的人生方向，整個人都活躍起來。

管家答應會用過去自己在魂鷹社的人脈關係去打探有關莉娜的消息，並替世遷調查一下在國際新聞中有沒有一些怪異的事情發生，希望能夠在當中找到一些線索。

從小到大，管家都為歐世遷做不少後勤的工作，因此他很放心管家成為自己的情報網。

二零三五年一月上旬，下學期開始。懷著明朗的心情，今天歐世遷為自己煮了一個豐富的早餐，好讓肚子來一個飽滿。然後他便徐徐地收拾好要帶備的東西，出門去上課。

本來在藝術學校歐世遷是主修笙音樂，可是他的音樂造詣實在太高了，只是兩個月的課堂，每個老師和同學們都已經受不住他了，並不是歐世遷的為人處事有問題，而是他的造詣根基異常深厚，對於樂聲有著先天的優勢天分，學校教授的內容世遷早已在童年時熟悉不過。如果他是一個樂社的創辦人定必會是一代宗師，如此年輕有為的不世奇才混在平庸之輩內，實在是大材小用。即使當事人不覺得委屈，但身邊的人也會覺得有著非常大的無形壓力在壓垮自己。因此不用說同學之間的比拼，甚至用襯托兩個字來形容也感覺遜色。

所謂，高處不勝寒。歐世遷終於深深體會到這句話的意思，社會恢復和平，沒有面具人的需要已經使他生活乏味，莉娜一事也令他的感情生活失去了色彩，甚至現在連讀書都……

於是他想了一策良方妙計，世遷單方面向校方申請轉讀其他科目，由於歐世遷在入學前以歐氏名義成立了一個助學基金，而基金會也批核了接近三億港幣給藝術學院[3]。如此龐大的一筆款項，使得歐世遷絕對是學院自創校以來的第一個尊貴學生。所以校長也不會對他轉科的事情有半點意見，並爽快答應其要求。

「仩—伬—仜—仮—合—士—乙……上—尺—工—反—六—五—亿……生—伬—仜—仮—㐲—

3 在《灰色奏樂 混沌世界》的第三十六章中，歐世遷將十億資金用作慈善用途，在香港所有大學、專上學院設立歐氏助學基金，培育下一代。

伍……」一些人唱的音階聲在藝術學院的五樓迴盪著，甚至連隔著厚重牆壁的旁邊課室也聽得到。

「一會兒兩點鐘就到我們要加入大班唱了……」江李抱怨著說道。

江李是歐世遷在轉科後的同班同學，年紀較世遷大三年，今年二十三歲，是一名做事經常漫不經心、吊兒郎當、隨性且豁達的男青年。他從小到大對音樂有著一定天分，但懶散是阻礙他進步的致命傷，他是一名吹奏嗩吶的學生樂手。

世遷面露尷尬的笑容。

「有專科笙音樂你不去讀，轉過來中國戲曲音樂伴奏科，你倒是第一人啊！你知道這裏有多少同學都夢寐以求渴望著進入音樂專科修讀嗎？可是因為音樂水平未達標退而求其次，進來這種戲曲伴奏科，而你呢……真搞不懂你的腦子是否進了水！」江李嘲諷著世遷。

「我覺得還挺不錯啊！同學們和老師之間的關係比起下面一、二樓的音樂系更和諧融洽，不錯不錯！」世遷一臉滿意的樣子，洋洋自得地邊說邊點頭，認同著自己轉科是沒有選擇錯誤。

「好了好了，你們兩個都不要再鬥嘴了，現在來到這裏不是更好嗎？況且你們還能夠做成朋友。」一把沙啞的年長男人聲介入了二人的對話。

剛才那把聲線就是梁老師，他是主要負責教授江李和世遷器樂的老師，而世遷在中國戲曲科目裏並不是以笙作主修科目，因為在傳統的粵劇裏，笙並不是主要伴奏樂器。因此，即便是如歐世遷這般的音樂天才也需要從頭學起，因為粵劇伴奏是一個團隊合作，並不是單純的個人獨奏。

梁老師教授世遷和江李吹奏大笛，又名嗩吶，有時候甚至會教授他們吹奏喉管，這些都是在粵劇伴奏裏較為常見的伴奏吹管樂器。梁老師曾經對世遷說，雖然他的音樂知識和天分非常高，是一名不世奇才，可是若能更全面了解掌握音樂，甚至能夠活用到其他的藝術層面上，世遷將會越過頂峰，再次突破自己的極限。而在剛開始轉科過來的時候，江李對於吹奏大笛和喉管，明顯比世遷掌握得更好，這樣的情況令世遷終於感受到「學海無涯」四個字真正的意思。

「剛才回來校院的時候經過海邊，隱約間發現有一種腥臭味，你們都有留意到嗎？」梁老師突然問道。

「當然有啊，我的鼻子很靈敏，那種味道難聞得令我想作嘔，險些把剛才的早餐也全部嘔出來。」江李一邊說，一邊模仿著作嘔的樣子。

「你未免也太過誇張了吧！」梁老師回應江李，然後把視線瞥向世遷。

聽到梁老師這番說話，世遷低著頭沉思起來，所以留意不到對方瞧著自己的視線。

江李向著世遷輕輕推了一肘，示意老師在向他說話。

世遷回神過來說：「啊……說起來好像也是的……」

梁老師留意到世遷面有難色，彷彿藏著甚麼心事似的。

「也沒甚麼，只是隨便說說罷了。」梁老師見狀，於是便草率地結束話題。

現在的情況已經開始變得越來越嚴重，就連梁老師都能嗅到那種氣味，即是代表事情已經擴展開去，我有著不祥的預感。而且，不知為何，最近耶魯斯總是沉默寡言，明明發生了這麼多怪事，可是他卻不願意給予自己半點意見或援助，和以前大不相同，雖然耶魯斯一直都不會直接出手相助，但那時候的我們總是會商量一番。世遷在心裏費解不已。

一天的課堂轉眼就完成了，世遷乘坐地下鐵路回到自己的家中休息，可是一個人的生活又可以精彩到哪裏去。喜歡充實的他又怎會讓自己空閒下來呢，總要找一點事情做吧！世遷把電腦開啟，並打開三維立體設計的軟件，繼續他之前一直未完成的設計檔案工作。那是一個適用於他自己的面具設計，此時此刻的歐世遷已經不再單純是一個富二代音樂高手，而是一名更成熟、更踏實的青年。不僅限於音樂學術的層面，現在的他更涉獵設計工作。

正當世遷在專注設計工作的時候，電腦螢幕的一旁突然傳來了一個通訊信息顯示。本來操控滑鼠的手指突然停止了按動，一股孺慕思念的情緒突然湧上心頭，那是歐世遷的母親——姚彩妍從英國透過通訊軟件傳過來的訊息。世遷立即放下手上的工作，按鍵開啟通訊軟件。他終於可以在電腦的鏡頭中看到母親的面容。

自歐世鷹去世後，那時世遷還年幼，姚彩妍便已經移居到英國生活，雖然在處理魂鷹社的事務上她時有介入，但很多時都會尊重自己兒子的意願而把決策權交給歐世遷。過去憑著家族的人脈優勢，與各國官員的友好關係及她自身的聰明頭腦，姚彩妍在英國建立了龐大的地下勢力，並以鷹的形態作公司商標紀念自己的丈夫。

姚彩妍雖然是一名女流之輩，可是她自身的能力卻是巾幗不讓鬚眉。在「幫府」一事之前，姚彩妍和自己的兒子設局讓馬忠延和孫葵英大力投資金融業新興的虛擬貨幣，過程並不重要，結果所有賺到的錢全部都收歸姚彩妍一人所有。加上「幫府」一事後，世遷把歐氏家族在香港剩下的約六十億港元現金及售出的大宅、汽車和股票等資產所得，全部交給母親，令她如虎添翼。姚彩妍現在的家產可說是富甲一方。在英國更有經濟時事評論說她是現代版的「武則天」！

「才一個月沒通訊，怎麼我的兒子又彷彿長大了啊！」姚彩妍透過電腦視像軟件向世遷說道。

「才不是呢……是媽媽你太忙於工作吧，忘記了我已經長大成人的樣子。」世遷苦笑著回答。

「啊……對吧，聽說最近管家與你相遇，他不是退休了嗎？」姚彩妍問。

「對啊！前一段日子我在公園跑步時無意間與他重遇，我們有保持聯絡啊！」世遷雀躍著微笑回答。

「哦……是吧……」姚彩妍的語調回應得有點不自然，好像有著心事般。

閒聊幾句後，作為母親的姚彩妍當然也會關心自己兒子的幸福大事。

「在藝術學院裏有認識到女孩子嗎？我知道鄭大律師的女兒也是在藝術學院學習鋼琴的，你可以去打個招呼並互相認識啊！」姚彩妍想為自己的兒子介紹一個好伴侶。

可是歐世遷又豈會隨便就喜歡上另一個人呢！心裏只有藤原莉娜的世遷聽到媽媽的一番說話後，表情開始由掛念和期待逐漸變成不耐煩。

「喂……不要告訴我現在的你還喜歡那個甚麼藤原莉娜啊，我知道她現在跟你在讀同一間學校，但無論如何我都不會讓她進入我們歐氏的！」姚彩妍言之鑿鑿地說出每一個字。

面對自己的母親，歐世遷絕不會胡亂鬧情緒，但提及到藤原莉娜便已經觸及了他的底線。於是他只能抑壓著自己的情緒，強裝寬容地連忙向母親道別。

「甚麼！你說甚麼啊？怎麼網絡突然變得接收不良？我聽不到你在說甚麼。」拋下一句謊言便推開了與母親的對話，世遷不想繼續這個話題，於是便匆忙地關閉了視像的通訊軟件。

「唉……」世遷坐在電腦椅上，仰天大嘆一聲。

「你媽媽都挺關心你呢。」沉默多時的耶魯斯終於主動向世遷說話。

「祢終於開口了嗎，我還以為祢最近變成了啞巴啊！」世遷一如既往、毫不避諱地諷刺著耶魯斯。

「臭小子，我真不知道應該是說你沒禮貌呢，還是性格率直。」耶魯斯嘆氣搖頭、唾棄般說道。

「都是老拍檔了，有甚麼便直接說吧！沒甚麼好隱瞞。」世遷雙手攤開，合上雙眼淘氣地說。

「我擔心可能是祂！」耶魯斯憂心忡忡似的。

「祂？是誰？」

「你在說洛斯達？不用擔心吧，祂好歹都是個地下之神，會有甚麼事情發生。」世遷完全猜不透耶魯斯的心思，於是鼓脹腮臉淘氣地說道。

耶魯斯不與世遷爭論，再一次沉默起來。

月亮折射的光線從窗櫺滲透進來，把世遷熟睡的臉容照得亮白。可能是因為上課太疲累吧，這個晚上他睡得特別深。此時此刻的他並沒有發現從自己的身體內突然冒出了一道呈霧狀的白色光芒。白色光芒冒出後在半空之間，形成一團彷若人形的半身狀態，那是耶魯斯隨意變成的狀態。祂凝視著世遷入睡後微笑的樣子，心裏卻有著一種悔疚的感覺。

耶魯斯突然回想起在十年前初次遇見世遷的情景，那時候面前的人不過是一個十歲的小孩子，可是自己卻給予了對方力量去守護這個世界，改變了這個孩子的一生。耶魯斯在思索著，倘若自己從來沒有出現在世遷的面前，或者選擇的人並不是他，這個小子到底會過著怎樣的人生呢？或許他已經與自己心愛的人結婚，過著幸福快樂的日子……

得到力量是否是一件幸福的事？耶魯斯質疑自己是否奪去了這位青年的幸福，於是祂凝視著面前的青年並承諾，倘若有機會一定會補償一份「禮物」給他。

同時……祂亦擔心著那個「祂」。

第七章

局長羅耀光

「計劃要開始了嗎？人類……」一把深沉的聲音壓低聲線說道。

「是的，主人。計劃第一階段已經得到英國那頭的確定，在香港這裏將會進入第二階段。」一個男人用恭敬的口吻，彷彿在自言自語。

咯咯咯！一陣清脆的敲門聲傳過來。

男人把雙眉推向眉心，凝視著面前的木門。輕輕地閉上雙眼兩秒，然後再睜開雙眼，好像在整理自己的情緒，讓自己恢復平常的表情。

「進來吧！」男人略帶威嚴地說道。

「局長，下午兩點有個會議，相關文件我已經準備好。」一名穿著整齊西裝的女性，胸前掛著助理秘書的銘牌，恭敬地向面前的男人匯報。

男人輕輕提起右手，示意助理秘書把文件放在桌上即可。

助理秘書轉身離開局長室。

這名男人就是香港現任的保安局局長。他從辦公室椅上站立起來，整齊筆挺的西裝襯托出男人成熟穩重的味道。從辦公室的落地玻璃前面俯瞰著整個香港的景象，他的背影散發著一種彷若操控大局之勢的感覺。

二零三四年三月，在姚彩妍透過在政界的關係和管家暗地裏的協助安排下，歐世遷第一次與香港政府的特首和各個部門的政府高官會面。保安局局長第一次見到世遷的真面貌，也知道他就是面具人的真實身份。

「這個少年的眼神挺不錯，我也看好他的前途！」保安局局長對歐世遷有著高度讚譽的評價。

當時的警務處處長對局長的這番話嗤之以鼻，認為對方太抬舉歐世遷了。

歐式圓形的噴水池座立置在屋苑門前的中心，一輛黑色的電動房車繞過半圈，停泊在一座門牌華麗的大廈屋苑門前。車上的司機連忙落車，為車上的貴客拉門歡送。

筆挺的西裝配上名貴的皮鞋，這位貴客走過保安嚴密的大堂進入屋苑。

「晚安，局長。」每一位保安都恭敬地說出這句話來。

「嘟！」一聲響起，掃過指紋後電子門鎖打開。

寂靜的豪宅裏，沒有半點喧鬧的人聲，這代表著一天的工作終於完結了。局長把領上的衣鈕解開，悠悠地坐在沙發上呼了一口大氣，回憶著早上發生的事情。[4]

「那個小伙子真是不可思議！」局長在喃喃自語，腦海和內心裏依然細細回味著那一陣挾剛柔之力、數米開外忽遠忽近的清脆笙簧聲。雖然聽了之後會目眩神迷，而且意識會出現一瞬間的模糊、內息紊亂，但是一段時間之後，人的心靈會彷彿突然得到一種莫名其妙的寧靜，局長嚮往著這種舒適的感覺。

忽然，屋內陰風颼颼，日月星光失色。本來一片晴朗的夜空霎時被一陣讓人感到疑幻的陰霾迷霧所覆蓋，詭異的聲音衝耳而來，猝不及防。局長痛苦得面容扭曲，雙手捂著雙耳，彷彿要掙脫著甚麼似的。

「從你開始……把身體交給我吧……人類！」

「呀！你……是……甚麼？」

局長痛苦地掙扎著，身體左搖右晃，腦海裏不斷充斥著大量的信息流，自己的身體彷彿瞬間被甚麼侵佔了一樣，體內的血管不斷膨脹又收縮，手腳開始不能由自己控制。他勉強地支撐著，踉踉

4　參見《灰色奏樂　混沌世界》第二十九章。

蹌蹌地走到一面鏡子的面前，鏡中反射的景象令他徹底崩潰了！

本來長有一副成熟男人的正常面貌，任天下女性都會傾慕，可是現在卻變成有如蟑螂般的怪異模樣。來不及懊悔的瞬間，意識已經被「它」佔據了。

異物彷彿在欣賞著自己的模樣似的，在鏡子面前把頭部左搖右擺，然後再踏近一步凝視著自己那張令人心生畏懼的面孔，它的外表不斷由原來的面貌變回局長的樣子，兩者不斷重複變換著，彷彿正在適應這個新的軀體。

「這軀體雖然不是完美，可是現在的他可以暫時實現我的計劃。」異物變回局長的樣貌，行走步伐依然是不自然，看起來就是一種怪異的步姿。他走到屋內的露台，怪異的迷霧逐漸散開，月亮的光線再次映照在地。他仰望著天上的月亮，癡迷地凝視著，好像有種熟悉又陌生的感覺，如初生之嬰。

第八章

笙，名曰「龍泉」

清脆的笙簧聲繞著廣闊的四周打轉，迴響的聲音令人有種祥和的感覺。笙聲伴奏著大地萬物，一碧千里的綠草、姹紫嫣紅的花朵都在微笑點頭，彷彿同慶高歌；天上的麻鷹使翅膀用力拍動節奏，回應著笙簧的響動。笙音乍止，閉上雙眼感受著萬物的氣息，偉岸的身影被剛才的餘音襯托出龍吟天下的氣質，歐世遷剛剛完成樂器練習。縱使天下太平，但他依然不忘練習基本功，令自己的底子變得更紮實。

遠眺著眼前的壯麗風景，一瞬間心血來潮的歐世遷，突然腦子裏閃現出一幅飛龍入泉的畫面，這頓時令他憶起過去的名字。歐世遷原來的名字叫做歐世龍，是父親歐世鷹為他起的一個名字[5]，原意是父親希望兒子要比自己更強，把歐氏魂鷹社的規模發展得更大，成為控制世界的霸王，延續自己的野心。可是直到現在……人已亡，名也不再。一切不過是一場空想，香港黑幫不但沒有壯大，反而逐漸式微。

「這是多麼的諷刺啊……」世遷感慨著。

---

5 參見《灰色奏樂 混沌世界》第二章。

他的視線投在手上的二十一簧傳統笙上，左搖右擺地仔細觀看這件樂器，心裏感覺彷彿缺少了甚麼似的。

「龍……泉……」

「龍泉？」

「就叫龍泉吧！」世遷興奮地說出這個名字來，他把自己手上的笙命名為「龍泉」。

彷彿感受到主人的感召，龍泉笙即時閃亮了一下金色的光芒。

「耶魯斯，是你弄出來的玩意嗎？」世遷詫異地問道。

「不，是你的意識和心靈開始與這件樂器連結起來。」耶魯斯認真地回應世遷的提問。

世遷疑惑地審視著手上的笙。

「還記得在對付馬忠延的時候嗎？那時候你手上的樂器其實已經開始與你的意識產生一種微妙的連結關係，在它感受到你有危機的時候，不就試過從天而降嗎？」耶魯斯彷若導師般細心解釋著。

這番話語不禁再次勾起世遷對當時戰鬥畫面的回憶，手上這件看似平平無奇的樂器卻逐漸變成守護天下萬靈的聖物。龍泉笙分成兩組部分攻擊對手，笙斗乍現從異動空間直衝戰場，二十一支竹簧卻從四方八面飛射過來，縱橫開闊的笙簧氣息不可方物，如箭雨落下，簧鳴之聲勢不可擋，完全挫敗和紛碎馬忠延的野心。

然後，再細心一點思考，記得早前聖誕節的那個晚上，房間外的客廳傳出「呼呼嘭嘭」的聲響，刺耳且令人目眩，難道那時候它已經能夠感應到我在夢裏的危機？

正在思索著這個問題的時候，手機的鈴聲突然響起來，是管家的來電。

「少爺，車已停泊在山腳，你練習完就可以直接下來。」管家在通話中說道。

歐世遷收拾好樂器，再深深地呼吸了一口新鮮空氣，身體微微彎腰拜別萬物之靈，便徐徐地離開練習的場地，下山去。忽然……

「這是……」世遷凝視著面前的汽車驚嘆著。

幫府一事後，世遷給了管家一筆巨額的資金作為報酬及退休生活費。然而在退休之後，管家運用這筆資金購入了一部名貴的新款賓利房車，為將來重整歸來的少爺綢繆著。管家知道世遷在失去莉娜後意志消沉，儘管香港三大黑幫已經瓦解，但他依然得不到任何屬於自己的幸福。消沉的世遷不僅把財產交託自己的母親，捐獻社會做慈善，更分配巨額財產給管家作退休之用，因此管家一直把資金保留，希望將來能夠還給世遷作重振的備用本錢。

「少爺，請上車吧。」管家恭敬地說。

懷念著以前當少爺的日子，出入乘坐名貴房車，世遷萬般滋味湧上心頭。乘坐私家車當然比乘搭公共交通工具更方便快捷，今天的世遷一早已經計劃好要走遍香港、九龍、新界，目的就是要購買製作模型的材料，因此他早就相約好管家結伴而行，豈料有如此驚喜。而管家亦為世遷打探了一些消息，希望藉著行程在路上告知對方。

第一站管家先把世遷載到西環，因為那裏有一間橫街檔口是售賣他最愛吃的炸燒賣。練習樂器後，一陣飢餓感伴隨著炸燒賣的香氣而被滿足，世遷大快朵頤。之後他們便步行走到一間古舊且散發著傳統文化氣息的店鋪，裏面擺放著各式各樣不同的中式蒸籠，和竹木製成品。歐世遷這天才除了熱衷音樂，也甚為喜愛製作模型，所以以前也曾經來光顧，購買一些竹條用作製作原材料。他仔細地挑選竹條的過程，引起了店主的好奇心。

「請問先生……你買這些竹條來做甚麼？」店主上前好奇一問。

「我用來製作樂器模型，用竹條來製作琴的琴身板面。」世遷一邊專心地挑選竹條，一邊回應店主的題問。

「哈，年輕人真是創意無窮。其實這些竹條的名稱叫做竹間尺，我們是一間專門為酒樓做蒸籠和竹製品的供應商，這些竹間尺一般都是給廚房師傅用來做皮料的工具。」店主稱讚世遷的創意，同時亦解釋竹間尺本來的用途。

第二站是模型店，管家開著汽車從港島區穿過西區隧道到九龍，把世遷載到要去的地方。九龍區有很多不同的玩具模型店，亦有很多專門賣售美術用品的材料工具店。世遷設計手辦模型琴需要一些製作細節的配件，在腦海裏他早已構思好要甚麼形狀和大小尺寸的配件，因此他走遍油麻地、旺角和深水埗三處地方找尋他需要的東西。

好不容易走遍了多間店鋪，世遷才拼拼湊湊找到一些適用的材料，那是非常微細的粒狀型金屬配件。眼見世遷東奔西跑，忙得不可開交的樣子，管家滿頭疑問，同時又因為欣賞對方認真的工作態度而感到欣慰，因為那個從小到大被人照顧的少爺終於慢慢長大成人，變得獨立。

「少爺，可能我的腦袋比較蠢鈍，所以想不明白，我想問這些微細的粒狀型配件是有甚麼用途嗎？」管家終於忍不住開口問道。

洋洋自得的世遷微笑得瞇起雙眼，然後作出有如一個產品設計者的姿勢向著管家說道：「我打算用這些材料製作一個小型古箏擺設模型，先將竹條切割用作琴身，而這些微細的粒狀型金屬配件就用作古箏琴上的琴碼。」

對音樂和樂器一竅不通的管家，依然是聯想不到世遷所說的是怎麼的一回事，可是管家卻感受到世遷有著比常人更強的創意和組織力。然後管家再追問：「現在不是流行立體3D設計嗎？為何你不直接在電腦設計，那不是更省時間嗎？」

世遷搖搖頭，豎起一根手指不斷地左右搖晃擺動，否定管家的說話。「用三維的電腦軟件設計的確是可以做得美輪美奐，可是這種設計不過是單純把一部真的古箏縮小，並打印出來。對我這種擁有手藝的人來說，這並不能使自己設計的產品完全散發出充滿靈魂和藝術感的氣息，這並不是我的風格。」

管家咀嚼著世遷的說話，認為他的說話十分有道理和智慧，遂問：「所有材料都買齊了嗎？」

「還欠一樣，就是……魚絲。」世遷回應。

聽到魚絲二字，管家眼神驟變，態度突然認真起來：「少爺你猜到了嗎？」

彷彿早已知情的歐世遷泰然自若地說：「帶我去吧！一來我本身需要購買魚絲來製作模型琴的弦線，二來我也想聽聽店主的意見。」

二人彷若心領神會，不須多言。賓利房車朝著他們心中所想的地方長驅直去。

到底他們二人要去的地方，隱藏著甚麼事情呢？

第九章 **迷失真相（上）**

右方纖幼的手指遊走在堅韌的琴弦上，彈奏出婉柔的樂聲，左方的手指負責改變琴弦音高，使音韻變化多端。留有一把黑色的長髮配搭彈奏的古箏，更顯一番氣質，她便是藤原莉娜。

「莉娜，是時候開飯了。」一把年輕的女性聲音在呼喊著。

從房間裏徐徐地走到客廳，莉娜在餐桌前坐下來並雀躍地說：「依楠，你真的很厲害，整頓飯都是你煮的。」

黃依楠是藤原莉娜在學院宿舍的室友，兩個女孩子在生活上一起互相照顧。依楠是在藝術學院修讀鋼琴，副修小提琴；藤原莉娜則是主修古箏，副修古琴。經歷了一個學期的修讀和同學之間的互相切磋，莉娜的琴技比以前大有進步。幫府一事後，失去了記憶的她，雖然遺忘了相遇洛斯達和邂逅歐世遷的經歷，可是卻沒有忘記彈琴的技巧和自己的名字，失去了音樂力量的她就這樣安逸地度過了半年的平凡生活。

二人坐在餐桌前，享受著一頓美味的晚飯，然後開始閒聊起來。依楠是一個喜歡到處探聽別人愛情故事的八卦女孩，無論是看電影或是看電視劇，甚至在她彈奏鋼琴和拉奏小提琴的時候，只要是一些催淚的旋律或劇情，她都會很容易便哭起來，一邊流淚一邊彈奏樂器，是一個特別感性的傻瓜女孩。

「喂喂，聽說之前那個經常來找你的男孩子，由今個學期起轉學科到中國戲曲，你知道嗎？」依楠瞇起雙眼側視著莉娜，不懷好意地說道。

依楠的眼神弄得莉娜渾身不自然，口裏咀嚼著的食物也快要吐出來，兩頰突然泛紅起來。

「其實……我也不太清楚，但……」莉娜心裏有種難以言語的感受，想向依楠訴說，但又不知從何談起。

「他好像對你很執著，我總是覺得你們二人以前是認識的，但你的反應……或者是他認錯人吧……又或者你的樣子很像他以前的女朋友。其實他看起來也不錯啊，英俊不凡，音樂造詣又高，不過就好像不是甚麼富家子弟……」依楠說出自己的看法。

「吓？我聽系主任許老師說，他好像捐了三億港元成立了藝術學院的助學基金，他又怎會不是富家子弟？老師們都對他很恭敬，除了許老師外。」莉娜向依楠解釋。

「三……三億……」依楠聽到這個天文數字，立即兩目睜圓，舌頭也打了好幾圈的結，手掌抖動得連飯碗內的食物也快要倒出來。

「那……如果你不接受他，可否轉介給我？我就是想找個有錢的男人做老公啊！這樣待我畢業後便不需要出來社會工作了，和他結婚後再替他生幾個寶寶，做個全職少婦。」依楠笑得合不攏嘴，一雙眼睛也瞇起來，幸福地訴說自己的夢幻對象。

聽完依楠的一番說話，莉娜心裏有種莫名其妙的怒火，雖然不是很明顯的情緒，但總是覺得對方的說話令自己聽落很不中聽，於是莉娜報以不太友善的目光。

被莉娜那股可怕的眼神嚇到，依楠把本來想繼續的說話窘在喉嚨，再吞回肚子裏。

「唔……哈哈哈，我也只是開玩笑罷了，不要放在心上。先不說這個了，剛才為何你說許老師不喜歡他呢？」依楠嘗試轉換話題，緩和尷尬氣氛。

莉娜嘆了一口氣，彷似原諒了依楠這玩笑話題，遂回答：「詳細我都不了解，但之前每當有人提起他的名字，許老師便會很生氣。我猜應該是上年九月入學時，在學校後台那房間辦理學生證，他曾稱呼許老師做阿嬸吧……」

依楠的面上掛著驚訝的難看面色，遂很大反應地說：「吓！他竟然有膽說出這種話來？」眾所周知，許老師是個科系主任，有操學生能否畢業的生死大權，加上她為人小氣，最討厭被男性說自己年紀老邁，曾經有男老師因犯了禁忌而得罪了她，最後因為某些原因精神失常了。莉娜的話語再次震撼了依楠對世遷的認知。

整理一番思緒後，依楠一邊把食物夾進口裏咀嚼，一邊提問著：「他知道你有男朋友了嗎？」依楠再次轉換話題。

「他不算是我男朋友……吧。」莉娜面有難色地回答。

「吓……他每天都打電話來關心你，替你換了一個高質素的古箏，又替你交付學費，這種關係也不是男朋友嗎？」依楠追問著。

正當莉娜被依楠追問得尷尬且不知所措的時候，莉娜的手機突然響起來。來電顯示著三個字：「許思源」。

電話的鈴聲激起了莉娜內心中的波瀾，矛盾又不知所措的情感，頓時擾亂了她的思緒。她拿起又放下，掙扎著到底要不要接聽。自莉娜在初入學遇見世遷的時候，她便有一種很微妙的感覺，彷佛有種難以抑壓的情感在衝擊自己的理性。但記憶告訴自己並沒有對方的印象，她在情感和理性之間一直掙扎糾纏著。莉娜抗拒世遷是因為許思源，是他的存在而令莉娜不能真誠地從心面對自己的感覺。

那一天，二零三四年七月一日，莉娜一直留在幫府內的密室，並透過監視器看著事情的發生。馬忠延與歐世遷對峙的時候，吩咐了手下執行另一個計劃，而另一個計劃就是要將整個幫府消毀殆盡，因為馬忠延早就知道莉娜便是另一名面具人，所以他要殺死世遷的同時也要把莉娜這個麻煩的障礙物剷除。莉娜從監視器裏看到有多名黑衣蒙面刀手，圍繞著幫府的四周淋潑不明的液體和放置一些類似有倒數器的東西。她心裏有種極不祥的預感，可是沒有樂器在身的自己根本就做不了任何事情，而且世遷曾經吩咐過她要留在這裏不要出去，因此她相信世遷的說話。因為她認為留在密室是最安全的，加上沒有樂器在身，她也不願出去拖世遷的後腿。

可是焦慮和恐懼的身體在不斷抖顫，一瞬爆炸之後整個人失去了知覺，醒過來的時候已經躺在不知名的地方。

「莉娜！」激昂的呼喊聲充斥四周，回應卻是轟隆巨響。幫府發生爆炸，玻璃窗的碎片也被衝擊至粉碎飛散，附近的一切都被爆炸的風壓吹飛，四野受摧，滿目瘡痍。爆炸的火焰猛烈得有如要把晴空也燒焦，焦黑的濃煙直衝雲層。就在此時，一雙巨大的長有黑色羽毛的雄翼幻影，在蒼穹裏展翅著，並發出了震耳欲聾、教人心寒的巨聲哀嚎。黑色的翅膀遮蔽了光明，哀嚎之聲震懾地靈，大地騰動的瞬間，所有人都四處逃竄，慌忙走避。一個滿身傷痕的女性倒臥在附近的叢林裏，昏迷不醒。

在遠方的另一處，男人口裏哼著休閒的旋律，手上卻執著一支鉛筆在素描繪畫面前的綠林。一陣驚人的爆炸聲吸引了他的注意，男人在好奇心的驅使下，放下手中的鉛筆，收拾好寫生畫畫的工具，便立即撤離此地，勘察四周到底發生了甚麼事情。

穿過茂密的叢林，令人窒息的濃煙氣味撲面而來，眼前混亂的環境更令男人咋舌。不同的黑幫嘍囉，蟻聚成群，有蒙面的黑衣刀手、有兩臂紋著馬頭紋身的肌肉男人，更有一個年輕的少年正在奮戰。摸不著頭腦的他用手遮蓋著鼻子，遮擋著濃煙的氣味，步腳輕快地四處找掩護，依靠著旁邊的樹木躲避著零星的爆炸震盪。爆炸的碎屑物散落滿地，男人小心翼翼地一步一步走近，這時候他看見一個身型瘦削的女性倒臥在叢林的地上，見義勇為的他立刻上前一探究竟。

皮膚被濃煙所熏黑，但從臉龐輪廓也能知道對方是位青春少艾。

「小姐……小姐……」男人把莉娜環抱在胸前晃著，希望能夠把她喚醒，可是受爆炸衝擊的莉娜卻是昏迷不醒。男人焦急地環望四周，於是……

「沒辦法了，只好先把她帶離此地吧。」男人背著莉娜從叢林裏悄悄地脫離戰場，往著香港新界邊境的方向逃離。

第十章　猜疑

管家為之前海水傳出惡臭味而四處打探消息，偶然間得悉了一件怪異的事情……

「那些魚的樣子長得很奇怪，身體形狀怪異非常，而且還長著多對眼睛，彷彿像一個新品種一樣。但是……」店長看上去似乎面有難色。

世遷和管家留心著店長的表情轉變。

「那些釣魚客也異口同聲說從來沒有看過這種品種，甚至連經營了三十年魚具店的我也不認識。有客人曾經和我反映，雖然這些魚類是很奇怪，但用他們來煮食又發現味道挺不錯，不過我還是不敢嘗試這些奇特的魚呢……」店長語帶怯懦地向管家和世遷二人闡釋著。

賓利房車泊在店鋪的門前，歐世遷雙手交叉抱在胸前，皺起雙眉思考著店長的說話，心裏有著不詳的預感。

打聽完消息後，二人終於買齊了模型製作所需的物品，然後返回九龍的住所。管家說自己找到了一些眉目，並希望展示給世遷一看。

管家拿出一部平板電腦，細心地向世遷逐一講述自己所找尋到的資料和消息。管家從網上搜尋到世界各地一些相關的案件，並且透過自己的人脈關係篩選確認過相關資訊，為世遷帶來精確且可靠的線索情報。可是從管家的口中，世遷卻得知了一個令自己非常在意的消息。

「英國政府成立特別部隊，並實施宵禁戒嚴。」管家提著平板電腦展示著這一篇報道頭條給世遷看。

「明白了，謝謝你！」世遷謝過管家的辛苦。

「我還打聽到最近太太好像有在與現任保安局局長聯絡。」管家續說。

管家表情略帶鬱鬱之態，世遷安慰著管家說：「放心，我會聯絡媽媽探一下口風，到底是怎麼的一回事。」

歐世遷心裏懷疑怪魚、英國事情和自己的母親有著一種說不出來的微妙關係，但他總是相信著母親並不會做出一些危害世界的事情。由於暫時沒有任何真憑實據，因此只能保持大膽的推測。

不久後，歐世遷收到處長Samson的聯絡，告知死者遺物的手機已經成功修復，並發現了一些新線索和突破性的進展。在世遷的協約下，他和管家與Samson三人相聚在一起，互相交換著自己所知道的情報消息。

一月下旬的某一天，茶几檯上放著三杯熱哄哄的綠茶。

「這位是林管家，而這位是前警務處處長。」歐世遷為二人互相介紹。

管家和退休處長二人互相點頭，但其實早在幫府事件前，二人早已碰過面，但從來沒有直接對話過。

「少爺相信的朋友，我都一樣會看待成自己的朋友。」管家伸手向Samson示意友好，二人互相握手後，便坐下談起正事來。

「死者的手機內藏著一些動物照片，而裏面可以看到很多不同動物的手腳上都被綁上了一些掃瞄條碼，就好像實驗品一樣。加上死者生前經常與這些動物合照，感覺就好像一個和善的大自然愛好者一樣。另外在死者的手機內我們發現有很多條需要解密的訊息，內容都是用特別的符號來傳遞，我的專業朋友一時半刻也解讀不了這內容到底是甚麼意思。」Samson把列印出來的彩色照片有序地擺放在檯上，並向二人解釋著自己所得知的消息。

管家亦向他們分享自己所搜尋到的資訊，內容大概是關於一些本地和外地的新聞，講述有部分人集體食物中毒，是因為事前進食了一些新品種的魚類。

而歐世遷也就管家提及過的事找母親詢問，但姚彩妍的回覆卻是很正路的邏輯回應，她說自己多年以來一直與世界各地的地方官員打交道維持友好關係，是恆常的事情，因此與香港的保安局局長聯絡也是出於公務需要。而且從母子二人的對話當中，世遷感覺不到母親有半點的虛言，作為兒子的他相信著母親。但作為世界的守護者，他有所保留……

管家服侍歐氏家已有三十年，現年已經六十歲的管家相信著太太的為人，事件應該與她無關，再者姚彩妍早就把生意逐漸轉型為正當行業。Samson亦相信保安局局長的為人，因為據他的記憶，局長是一名正氣之人，而且幫府一事之前，局長非常看重歐世遷的能力，因此他們推測問題應該在另外之人身上。

但歐世遷始終對於管家提及過母親與保安局局長聯絡一事抱有疑心，加上自己有所保留。因為時間的吻合實在太過巧合，所以世遷提出請求Samson去試探一下局長，並測試對方有沒有任何偽裝。而自己和管家則會再向姚彩妍進行深一步的打聽查探。歐世遷希望自己能夠還母親一個清白，半分疑點都不希望扯上她。

交換訊息後，他們便開始討論有關溫德倫逃獄的問題，Samson說自己已向以前的舊同事打探，但警方內部暫時也沒有任何消息。而管家也打探不到任何關於溫德論的線索，彷彿這個人突然消失了一樣。歐世遷不相信有人能夠憑空消失，除非對方同樣擁有神的力量，因此世遷拋出了一個令他們震驚的提問。

「如果是香港的保安局局長要把他隱藏，他有這個能力嗎？」

聽到這句提問後，Samson明顯心裏有種不是味兒的感覺，歐世遷和局長都是他的朋友，他並不希望自己的朋友就是禍害世界的元兇，所以他收起親和的臉容，神色凜冽，用嚴肅的口吻向世遷和管家說：「在沒有任何實質證據下，請你不要妄下斷定，你要還自己母親清白，我也會替局長找一個清白的證明！」

尷尬的氣氛籠罩著三人的對話。沉默了一分鐘後，Samson彷若唾棄般說：「唔……對不起，剛才的語氣略重，但我相信局長的為人。這些相片我就留給你們作參考，我先離開了。」

「有勞了！」管家禮貌回應。

正當Samson腳步踏至門前之時，他突然被世遷的一句話剎停。「Samson，我知道你會做出正確的事情！」

各自心情沉重，Samson報以頷首，便轉身離開。

「為何他會對局長有如此大的反應呢？」管家皺起雙眉沉吟著。

「誰知道……」世遷微微低下頭，神色憂鬱地說道。

汽車在公路上奔馳，輪胎擦響著青瀝的地面，發出著刺耳的聲音，那段過去的年少回憶令右腳不禁踏重了油門。

三十年前的大學畢業禮，歡呼聲充斥著整個校園，眾人都為能夠成功進入人生另一階段而把四方帽拋到半空。

「我要投考警隊，你呢？」穿著畢業袍的Samson問身旁的畢業生。

站在Samson身旁的是個年輕有為、每年考試都名列前茅且品學兼優的高材生。俊朗的臉孔散發著正氣的他，就是現任的保安局局長——羅耀光。

「我也有同樣的想法。」年少的羅耀光說道。

「警隊薪水好啊！」Samson勢利地說出投考目的。

佇立一旁的耀光對Samson的說話斜眼微笑，然後嘲諷地說：「警隊的薪水還不及投身金融的賺得多呢！哈。」

被好友開玩笑，Samson不是味兒，但決心依然沒變。「雖然讀書成績不及你，但體能測試我並不會輸給你的，看著辦！」Samson滿懷決心地向耀光宣言著。

「嗯！就讓我們一起努力守護這個香港吧！」羅耀光向Samson說要一起努力。

二人為著這個目標不斷發奮向上爬，從督察級開始晉升，經過二十幾年的努力，他們終於攀爬到人生的頂峰，羅耀光由當時的警務處處長調升為現任保安局局長，而Samson陳洛文就由當時的副處長升遷為處長。

幫府一事後，雖然任期還有幾年才到退休，但Samson決定提早退下來，因為香港三大黑幫已經解決了，擁有家庭的他把一生人大部分的時間都奉獻給警隊，所以他希望提早退休花多點時間陪伴家人。

「那家伙從小到大總是走在我前面，雖然我已經退下來，可是我卻不願見到他走得太遠……」Samson一邊駕駛，一邊沉吟著。

一個月前，聖誕節的兩天後……

一個被包面蒙頭、身穿監獄衣服、胸口位置編寫著2011編號的囚犯，被幾個穿著西裝的神秘組織男人押送著。蒙頭布一揭開，刺眼的光線令人感到目眩，兩眼不能完全睜開，只能用手遮擋，朦朧地觀察眼前的景象。

詭異的氣氛衝擊皮膚每一顆毛孔，令人心驚膽顫，即使是未能完全恢復視力，囚犯依然感覺到周遭的環境是非一般的地方。

「那個背叛者已經死了！他的工作以後就由你來接替。」一把聲音突如其來，刺激著囚犯的聽覺。嘴角有痣的男人向著囚犯說道。

囚犯隨意踱步，四處張望，彷似第一次來到這個地方一樣。

「這裏的設施隨你使用，但工作必須要遵從主人的意思。」嘴角有痣的男人再次向著囚犯說道。

一副自傲的表情掛在面上，嘴角翹起，無視著對方的吩咐和說話。一聲「哼」就當作回應對方，囚犯展露著高傲的姿態，凝視眼前一切……

第十一章

智惡聯謀

宿舍的窗外有道神秘黑霧身影在窺視著，祂凝視著那個正在拿著手機又猶豫是否接聽來電的女性。觀察了一會兒，女性終於決定接聽電話，並把手機提至耳朵旁，嘴巴開始開合。

雖然貴為地下之神，但祂——洛斯達，對於讀唇語絕無半點知識，所以並不知道隔著玻璃窗的莉娜到底在說甚麼。

幫府一事後，洛斯達因爆炸衝擊，與意志不夠堅定的莉娜分離。過去因莉娜有種強烈的嫉惡如仇的性格，洛斯達能夠寄居在她的意識內。但隨著莉娜遇上世遷後，她的心態和復仇意志也逐漸減退，所以在意識不穩的情況下，洛斯達也被強行排斥出來。當然，爆炸只是一個引子，洛斯達知道有歐世遷在她的身邊，其實莉娜已經再不需要仗賴自己，分開也不過是早晚的事情。只是，重情的總是在分開的一刻特別難受不捨，更想不到是以這種形式分別。

「我連再見也說不及……」洛斯達的心裏盡是苦澀，留戀人世的感情依然牽動著祂那顆神靈之心。當時幫府爆炸的瞬間，那震耳欲聾、劃破蒼穹的哀嚎巨聲就是洛斯達對情感不捨的哀訴。如今，人已忘記，神也分離。漸遠的回憶，只能看著流逝；不捨的執著，也只能看著面前生活安好的女孩而放下。洛斯達不捨，更是不忿。

時間飛逝，轉眼又過了數天。這天世遷在回校的途中不經意地碰見莉娜。不！應該說是那種刻意安排的不經意吧！其實世遷早已清楚莉娜所有的上課時間，所以時不時也會刻意製造機會扮作偶遇。

這天正在趕著上課的莉娜身旁還有依楠。眼見此狀，懂事的依楠斜眼側視並用手肘撞了莉娜一下：「喂，那小伙子又出現了，要不要……」依楠懷著少女的情懷問。

「我見到了……不要大力碰我好嗎！」莉娜鬼祟地、悄悄地說，擔心世遷看到自己的嘴巴在說話。

「Hi，早晨！請問……」世遷率先開口打招呼。

莉娜聽到世遷的聲音後，忽然有種觸電的感覺，行走步姿都不自然，甚至連呼吸也突然急促起來，臉頰兩旁紅潤得像個蘋果。

「我……我……趕時間上課，不好意思……」莉娜回答得既慌張又吞吐。

這不知所措的表情惹得依楠在旁偷偷發笑，合不攏嘴。歐世遷雖然心有疙瘩，但暗地裏也替莉娜的平安感到欣慰。

莉娜尷尬地急步離開，依楠也笑著隨後，更不時回望世遷無奈搞笑的表情。

「唉……罷了。」世遷彷若唾棄般自言自語。

正當他打算回到五樓自己的上課地點時，碰巧見到江李和一眾同學在高談闊論，大家討論得非常熱烈。

「各位，早晨啊！」世遷率先打起招呼來。

江李熱情地走過去，大力一拍世遷的肩膀說：「喂喂！有個好消息告訴給你，學校二樓的飯堂門外釘勾了一塊留言板，是本校的學生會特別為情人節所設的活動，有很多同學都會為心儀對象寫下一張心形紙，並向對方表達自己的心意，很適合你吧！」

世遷被江李弄得一臉泛紅，江李繼續滔滔不絕：「不用裝了，我們每個同學都知道你心儀的對象是樓下音樂科系彈古箏的藤原莉娜，你大可以藉此機會向她表明自己的心意啊！對不對呢？」

歐世遷心領江李的好意相告，可是心裏卻擔心著會有反效果。於是他只好報以尷尬的微笑作回應，便作罷。始終眾人都對自己的背景和莉娜與自己的關係並不清楚，所以有些想法只能藏於自己的心裏吧！他想大概這就是天意弄人？歐世遷只好自嘲著內心的那把聲音。

這段日子，歐世遷下課後都會抽空製作樂器模型，他用竹條作琴身，並不斷透過打磨和切割的技巧，逐漸把竹條雕琢成貌似古箏的形狀。然後又以不同特性的膠水把其他的小配件黏貼及組合起來，最後就是要為這個模型琴塗上油漆顏色。手中拿著一支金屬噴筆，運用對顏料油漆的知識，世遷掌握著每一種顏色的特性，因此在噴塗一些如金屬色的顏料，油質顆粒較粗的顏色便需要配搭專用的稀釋劑，並在噴塗後須多次研磨才能展現出明亮的色澤。世遷憑藉熟練和精湛的技巧，在時間的推移下，模型琴開始接近完成的狀態。直至，情人節的前夕。

那天的晚上，世遷細心地擺弄著自己的心血傑作，這是他第一次製作模型琴——古箏。雖然沒有達到完美的級別，可是在外行人的眼中，這已經是一件精美的模型作品。

「這個真的是少爺你親手做的嗎？……」管家表露出一副難以置信的表情，他不禁為面前的景象感到驚訝。這是因為他萬萬也猜不到世遷不僅是個箏樂好手，更在手藝上也有著高超的技術，配合那種憑空想像也能有效地組織事物的能力。管家回想起面前的作品在早一段時日不過是一堆互不相關的材料，歐世遷這種能力開拓了管家的眼界。

管家在欣賞著這個模型作品的同時，也不忘向世遷匯報自己所查探到的情報。在上一次與Samson的見面後，世遷拜託管家去查探一下香港殘存的黑幫勢力和香港政府幾位重要官員的背景。他從管家的口述內容得知，殘存的黑幫勢力已經是不足為患，可是管家卻打聽到一個未經證實又令人震驚的消息。

「甚麼！孫葵英竟然……還活著！」這個消息令世遷感到訝異，記憶中孫葵英應該在幫府的事情裏被馬忠然算計而身亡了，這應該是正確無誤的。

「孫葵英還活著的消息，我還沒能夠確實，但我會從這個方向繼續追查下去，所以請放心。」管家咬牙切齒，握緊拳頭，不忿地說。

「嗯……沒事的，放心！就算他依然活著也不過是個強弩之末。」世遷握著管家因憤怒而抖顫的拳頭。

「少爺，你有聽過破船也有三分釘嗎？不要鬆懈啊！好不容易才擺平了他們，令社會恢復安寧，現在又……孫葵英是個奸險之人，我擔心你又會陷於危險。」管家憂心忡忡地說出內心的想法。

「不用擔心太多，現階段這也不過是個未經證實的傳言，繼續追查吧！若然遇到危險就要立即告知我，讓我親手捉拿他！」世遷凜然且自信地回應。

另一邊廂……

入夜時分，一部黑色的平治房車停泊在一幢舊型屋苑的門前，那個人正是孫葵英。幾個戴著墨鏡、穿著西裝的神秘組織男人把孫葵英從上至下搜了一遍身，確認他沒有帶備違禁品後，便把他帶進那個實驗室裏面。

「你們也挺不賴，竟然把歐世鷹遺下的軍火庫改裝成這種生化武器實驗室，公然盜用別人的資產，真的是面皮夠厚！」孫葵英在心裏沉吟，鄙視著面前這一班神秘組織的人。

升降機的門一打開，映入眼簾的畫面令人訝異。「哼！原來你這個通緝犯在這裏躲起來，難怪外面那群警察一個多月來也失去你的消息。」孫葵英以陰柔的語調揶揄面前穿著白衣實驗袍的人。他就是——溫德倫。

「葵英社不是已經被那傢伙收拾了嗎？首領也應該早赴黃泉，怎麼一個死人還會四處跑跳和說話呢？」溫德倫不屑對方的揶揄，所以也不遑多讓，反過來嘲諷對方。

「哼！乳臭未乾的臭小子啊，這粗淺的挑撥對我沒有用的。」孫葵英不但沒有因對方的說話而發怒，反而還用他那張陽不陽、陰不陰的嘴臉來回應。

「你！……」溫德倫憤怒得咬牙切齒，怒視著孫葵英。

就在此時，一道聲音劃破了二人的針鋒相對：「到此為止，你們都快住口！」嘴角有痣的男人從實驗室內的一處走出來。

二人不屑地望向這位嘴角有痣的男人。

「他是我們組織現任的首席研究博士——溫德倫先生，而他就是我們組織另一位新決策人——孫葵英先生。孫先生會為我們捐獻出不少研究資源，以後大家同為組織的人，沒必要針鋒相對。否則主人會不高興！」嘴角有痣的男人停住了二人的吵鬧。

「上次那個王博士呢，他是曠工了嗎？」孫葵英用不懷好意的口吻，向嘴角有痣的男人假意提問。

「那個背叛者已經死了！你們不要再嘮嘮叨叨，快點進行自己的工作，主人期待著你們的成果。」嘴角有痣的男人彷若下達命令般，說畢便轉身離開，繼續自己的工作。

「低賤的下人，你自己也是一個背叛者，以前不過是我的一條狗，現在竟然夠膽向我下達命令！不過低賤的人是永遠勝不了立身於生態鏈最頂層的人，輕彈且粗淺的挑撥已經能輕易殺死你們的研究博士，低智的生物真是最無藥可救的。」孫葵英討厭著這個背叛了自己的下屬，但另一方面又因為自己的小動作就能輕鬆殺死了對方的博士而感覺到自傲，他在心裏陰險地計算著。

溫德倫的怒視焦點依然落在孫葵英的身上。感到渾身不自在的孫葵英，整理了一下情緒後，便向溫德倫拋出了一句震撼性的說話：「有仇報仇，你我之間都有著共同的敵人，要不要合作殺死那對狗男女？」

聽到這番說話後，溫德倫的目光開始對面前的人減退了憤怒，因為怒氣已經轉移到內心，並燃燒起復仇的慾望……

到底孫葵英在暗地裏計算著甚麼呢？故事即將進入第二階段的高潮。

第十二章　浪漫廝殺（上）

今天是情人節，但天色卻被灰濛濛的霧氣所籠罩。早在上一次同學的起哄下，世遷決定選擇在情人節前的一個星期六，是不用回校上課的日子。他擔心自己在釘勾心意卡的時候被其他同學嘲笑，所以便特意選擇在無人上課的日子回校，把自己心裏想寫的說話釘在情人節的告示板。

「莉娜，我可以重新認識你嗎？我想約你一起晚飯可以嗎？二月十四日下午五點，學院門外，不見不散！歐世遷」

這番說話是世遷自出娘胎以來，寫過最肉麻的說話，但這一切都是他發自內心的。

歐世遷這番情話張貼在告示板內，掀起了整間學院的話題風波，所有不同學系的學生茶餘飯後都在討論著歐世遷與藤原莉娜的事情，消息甚至傳到了各科各系老師的耳中，事件不斷發酵，彷彿成為了校園的流行傳說。

「嘩，你們有沒有看到歐世遷張貼的那張情話字句？」

「原來莉娜有這麼多的追求者，真讓人羨慕！」

「為甚麼每個男同學都會喜歡她？她真的有這麼漂亮嗎？」

「聽說歐世遷是個富家子弟啊！」

「喂，你們知道嗎？許老師很討厭歐世遷的啊！」

「那個歐世遷恃著有才華就經常自以為是，看不起我們就轉科到中國戲曲，真是不知所謂！」

千千萬萬種不同的評論和討論流傳在手機內的通訊群組，同學們和老師們私下裏都在討論他們二人之間的關係，有羨慕的、有妒忌的、有討厭的，也有愛管閒事的。

歐世遷認為愛情是屬於兩個人的，因此他漠視周遭的眼光，把旁人的閒言閒語當作笑話罷了。但反觀莉娜的態度就大相徑庭，流言蜚語令她產生很大的壓力，同學的嘲諷、老師的無形針對使她產生了一種厭惡感，而且這種感覺慢慢延伸到歐世遷的身上。莉娜認為每一天的上學就是一種受罪，因為要承受著身邊的閒話，這令自己無法專心上課和練習琴技，因此她決意寫下一封信。

不清楚對方感受的歐世遷，懷著期盼的心情迎接情人節的到來，這是少男的情懷和任性。情人節早上，因為學院安排了同學要去北區的大會堂向香港中小學宣傳中國戲曲藝術，並作巡迴表演。老師們都知道世遷的奏笙技巧出神入化，因此雖然中國戲曲比較少用笙樂來伴奏，但他們也特意安排了一個時段給世遷獨奏，用來宣傳中國音樂的精髓和藝術。為此世遷準備了一套非常漂亮的禮服，打算穿著起來在台上表演笙音樂，同時也帶備了自己辛苦製作的模型打算送給莉娜。

管家駕駛著賓利房車把世遷載到北區大會堂，並依照世遷的吩咐把汽車停泊在較遠的位置，因為他不想被其他同學見到，再次成為別人口中的話題。

「少爺，這樣真的好嗎？從這裏步行過去也有不少的腳程啊！」管家擔心世遷行得太遠而雙腳疲勞。

「沒問題，三點半完結後我再回來這裏上車。」說畢後世遷便徐徐地離開，隻身到達會場。

踏入大會堂，一種熟悉的感覺掀起世遷過去的回憶——兩個面具人對峙而立。

「已經是很久以前的事了……」回憶起第一次遇見莉娜而大打出手的情景，世遷不禁會心微笑。

「你這個小子，今日要加油啊！」淡言已久的耶魯斯突然鼓勵著世遷。

「你再沉默下去，我都快忘記你的存在了。」世遷淘氣地挖苦著耶魯斯。

耶魯斯的苦笑聲黯然地徘徊在世遷的腦海裏，可能是受到對方的影響吧，自己隱約間也有些微揪心的感覺。

鑼鼓聲的初次響起表示著大家都已經進入彩排的狀態，粵劇的唱腔和口白配上傳統的廣東音樂伴奏，有著上世紀的香港情懷。世遷一邊奏樂，一邊望著台前的演員演戲，他們都化成一張張特色的臉孔，彷若帶上了臉譜似的。文武生和女花旦的妝容是各有精妙之處，但對粵劇沒有太深入認識的世遷，望著面前的景象竟然有一瞬的幻覺……

一個少年和一個年紀相若的女孩在台上互相揮舞著戲具的刀劍，快樂、幸福的氣息從他們的身上散發出來，那是世遷從沒看過的景象。一種熟悉的感覺，但又前所未見，歐世遷被這一瞬的幻覺擾亂了思維。回神過來，景象變回原來的樣子，自己卻已經在音樂裏甩脫了節拍。

「你在發甚麼呆？節拍甩掉了。」江李撞了一下世遷的手肘說道。音樂能力異常強勁的世遷竟然會犯低級的錯誤，江李頓時感到驚訝。

「不好意思……」世遷悄悄地說。

幸好粵劇的音樂伴奏並不如樂團般的訓練，各樂器之間的互補不足遮蓋了剛才世遷脫拍的瑕疵。

兩次的排練足以令眾人消耗了大部分的力量，因此為了回應肚皮的吶喊，所有同學都利用午膳時間四處尋覓北區美食。至於世遷，可能是受到耶魯斯的情緒和幻象的影響吧，食慾大減的他，只好懷著糾結的心情在會堂附近隨意逛逛。

漫無目的、四處踱步之際，世遷放眼周遭景物，那是安穩繁榮的社會。既沒有小混混在街上到處生事，也不須挾有任何擔憂，所有人都能在街上隨意行逛，那是歐世遷一直努力追求和嚮往的。

「真的，很喜歡這種平和呢！」世遷帶著滿足的表情，說出一種幸福感來。

「喂喂！你還在愣著啊！午飯時間快完了，要回去會場準備下一場演出了！」江李不知何時已經出現在世遷的後面，突然說出這句話來。

彷彿被江李的說話稍微喚回自己的注意力，世遷兩手用力拍向自己的臉龐，讓自己打起精神做下一輪的演出。

「那個叫江李的小子真的是天真可愛……」耶魯斯憂心地冒出這句話來。

「這世界本來就不複雜，所有的麻煩都是由人類自己所產生。說實在，我也羨慕江李的隨性性格。」世遷感慨著人生。

鑼鼓聲再次響起，表示著眾人都已經投入正式演出的狀態。簡短的折子戲帶給學生一番視覺藝術享受，司儀的簡介讓年少的他們明白到戲曲的傳承發展，世遷的笙音更令全場人士驚艷。平和又簡潔的旋律沒有誇張的技巧，但平穩滑溜的音飾已彰顯世遷扎實的基本功，包羅萬有的豐富感情彷彿嘗盡人世間的甜酸苦辣，樂韻起落之間就像盛載著眾人遊走天下，在意念間有無比的歡欣快樂之感。

當然小孩子未必有如此大的感受，但成年的人都被這陣笙音所吸引，這就是歐世遷的過人之處。

在香港的另一處，一部車正往藝術學院的方向行駛，玻璃車窗反照出後座男人陰險的臉容，並散發出邪惡氣息……

另一邊廂，莉娜把釘裝摺疊了的信件交遞給依楠。「拜託你了！」

台上奏樂之人笙鳴歡欣，台下聽眾報以熱烈掌聲。普天同慶的浪漫情人節到底隱藏著甚麼危機？歐世遷的愛情故事到底又會如何發展呢？

第十三章　浪漫廝殺（下）

熱情的歡呼和掌聲表達著觀眾對一眾演出者的努力的感激，今次的活動終於圓滿落幕，同場不少同學和老師都在讚賞著世遷精湛的笙樂技巧。

受到別人的高度讚賞，世遷當然是滿心歡喜，但更讓他期待的是晚上與莉娜的飯局。因此收拾好一切之後，他便匆忙地離開北區會堂與管家會合，乘坐賓利房車離開，到藝術學院迎接莉娜。

重複檢查放在後座旁邊的一袋禮物是否安好，世遷小心翼翼地呵護著他的心血結晶品——古箏模型。

「少爺，你花了這麼多時間和心血去製作這件禮物，希望莉娜小姐會喜歡吧！」管家一邊開車，一邊對世遷說。

「我猜她應該會喜歡，畢竟她是一個愛好古箏的奏樂者。」世遷滿懷自信地回答。

汽車長驅直下，一直向藝術學院的方向奔馳。輪胎摩擦著青瀝的地面，並在藝術學院的門前停下。穿著優雅服裝的世遷散發出久違的公子姿態，令人不容忽視的氣息吸引著眾人的目光，每個人都在注視著歐世遷和他身後的賓利房車，眾人都在竊竊私語地討論著面前的景象。

漠視旁人一切的目光，歐世遷提著一個精美的紙袋，盛載著精心準備的禮物，挺起胸膛，筆直地走進藝術學院的地下大堂中央，畫面就彷若一個王子恭候公主的到來。內心既緊張又期待，世遷希望能夠透過表達自己的心意來重新認識莉娜，即使對方已經失去了記憶也不再重要了，他是這樣單純地期望著。

「Hi，今晚你想吃甚麼？我已經準備了車在門口。」

「你好，今日你穿得很漂亮！」

「Hi，謝謝你今晚願意賞面跟我吃飯。」

世遷在心裏構思好一大堆開場對白，任誰在年輕的時候都會有這個階段的情懷，縱使是令人感到害羞，但也是人生中重要的青春經歷。

滴答滴答，時間一分一秒地流逝。比原定約會的時間已經過了十五分鐘，但世遷依然看不到莉娜的蹤影。於是心情開始逐漸變得七上八落，甚至連管家都開始替世遷緊張起來。

「怎麼還不見蹤影？」世遷擔心著莉娜的情況。

從眼角的餘光裏，世遷留意到有位熟悉的女性正在朝著自己的方向徐徐地走過來。

「她是……」世遷記得這個人時常伴隨在莉娜的左右。

兩人視線對上之後，一種不安的感覺湧上世遷的心頭。

「不好意思，請問你是歐世遷嗎？」那位女生尷尬地向世遷問道。

「是的……」世遷一臉疑問地回答。

「這是莉娜託我轉交給你的。」女生說畢便轉身離開。

沒有比這句說話更無情，猶如強烈而寂靜的一刻，令人彷彿聽到空氣為之凍結的聲音。世遷接過女生轉交給他的一張摺紙，心裏有著一種筆墨難以形容的難受感覺。管家從學院的門外凝視著失落的世遷，彷彿也猜到是怎樣的一回事。

遠處的一輛黑色房車，裏面的男人一直監視著這個狀況，見到失落的歐世遷，男人的臉容不經意地展露出陰險的竊笑，彷若享受著對方失意的表情。

恐怕是不好的內容吧……世遷強忍著在眼眶打轉的淚水，鼓起勇氣拆開面前的摺紙。這一刻彷若時間都停止了一樣，呼吸也變得凝重起來。

歐世遷同學：

你好！

很感激你為我做的一切，但是我已經有男朋友了，而且已經在一起半年，所以請你不要再花時間和精神在我身上，我相信你會找到一個更好的女孩。對不起，今晚我不能和你吃飯了。請原諒！

莉娜

本來在眼眶裏打轉的淚水已經再也抑壓不住，呼吸變得異常急促，哽咽著的感覺使自己再說不出半句話來，思緒混亂不堪。世遷的胸口被莉娜信中的文字深深地刺痛著。

悲痛的世遷踉踉蹌蹌地走出學院的門口，管家見狀立即上前攙扶著。

人生第一次受到如此沉重的打擊，腳步不穩的歐世遷彷彿頓時失去了靈魂一樣，眼神變得空洞無物。忽然！一陣濃烈的殺意撲面而來，意識交錯的瞬間，危機已經眨眼欺身。

一頭彷若猛獸的狗隻張開血盆大口，直衝過來猛襲世遷和管家二人。管家及時推開世遷，然而自己卻被這頭惡狗撞擊倒地。意外景況瞬間稍微喚醒了世遷的理智，望著面前的惡狗，直覺告訴自己這並不是對人搖頭擺尾的寵物，而是一頭摻雜了惡念之邪物。突如其來的亂況令四處的人慌忙走避，情況一片混亂。

惡狗發出低沉且嘶啞的可怕吠怒聲，四肢都長著如利刃般的指甲，從牠的外貌可以感覺到有種難以形容的憤怒，甚至想撕破面前的一切來洩憤。牠目露凶光地注視著面前的獵物，管家被視為第一個襲擊目標。

惡狗瘋狂地向著管家的方向疾撲過去，為救倒地的管家，世遷只好把手上那袋原本準備送給莉娜的禮物，瞄準著狗並用盡全身氣力投擲過去。躲避不及的惡狗被世遷手上的袋敲個正著，被重擊頭部，目眩的感覺減慢了牠的移動速度。世遷抓緊這個機會，立即扶起管家，並迅速逃去座駕位置，打算用車把惡狗引開到另一個地方。

輪胎摩擦著青瀝的地面發出尖銳的聲響，管家利用響安的聲音吸引著惡狗的注意力，然後踏下油門全速離開藝術學院。賓利汽車以優秀的性能在公路上奔馳疾走，彷若猛獸的惡狗卻一路尾隨，汽車已經達至時速一百公里以上，但牠依然一直窮追不捨，就好像不需要喘氣休息一樣。

「這到底是甚麼品種的狗？竟然有這種追跑的力量！」管家握著軚盤的手也緊張得抖顫起來。

「我也不知道，但肯定那東西並不是一頭普通的狗！」世遷也被突如其來的襲擊弄得有點不知所措。

「用鎗射殺牠吧！在我旁邊副駕座位的抽屜內有一把手鎗。」管家戰戰兢兢地向世遷說道。

話音未落，車尾傳出呯呯嘭嘭的爆炸聲響。歐世遷從車尾的窗外回頭一望，驚覺剛才的惡狗彷彿已經變得比之前更強壯，體型也變得更大，乍看之下約有一頭牛隻的尺寸。

惡狗奔跑的速度逐漸逼近汽車，然而當牠追逐的時候不斷橫衝直撞，把公路上的汽車全部撞飛，爆炸波及四周。眼見及此，世遷立即指示管家改變駕駛路線，打算把那東西引領到一處無人的地方，為自己奪取地勢，再奪優勢。

「那是一隻異變的狗，你需要擊殺牠，否則所有人都會有危險！」耶魯斯突然在世遷的意識裏衝出這句話來。

「可以用鎗射殺嗎？」世遷問。

「你會用這種方法嗎？」耶魯斯反問。

世遷沒有回答這種反問，因為他的內心已經制定了攻擊策略。

賓利汽車一直往堅尼地城方向行駛，異變的惡狗一直窮追不捨，彷彿有用不盡的氣力。

「踏盡油門，釋放車子性能，在碼頭的盡頭急煞停下！」世遷用手擦去剛才遺留在眼眶上的淚水，悲傷的眼神在剎那間變得銳利精悍，遂向管家下達指令。

管家停住了本來抖顫的雙手，握緊軚盤全速前進，恢復自信的他想起以前與世遷一起作戰的日子，頓時整個人都不禁打起勁來，燃燒著自己年少時的那股熱血怒火。

賓利汽車在碼頭的盡頭深處急煞停下，輪呔與青瀝的地面強烈摩擦，造成一股濃烈的白煙籠罩著周遭環境。生物始終是生物，縱使是強化了細胞和肌肉機能，依然也敵不過高性能的汽車機械速度，因此兩者拉開了至少一千米的距離。

打開了本來放在後座的樂器袋，世遷悠悠地提出龍泉笙。管家連忙下車，為世遷打開後座車門。然而，只見前者慌忙，後者從容。大約五百米開外，迎面衝來的異變惡狗已經逐漸進化成一隻如大象般體積的怪物。怪物瘋狂疾走，使地面造成強烈震盪。

內心的恐懼令雙腳在隱約間忽然無力，管家用手握著車門手柄，幫助自己穩定站立。眼前景況是前所未見的殺機，與黑幫仇殺不是同一個層次。面前的青年，一人當關之勢，讓黃昏的光輝映照出偉岸的身影。

精悍的眼神沒有露出絲毫迷惘，心定，氣沉，手穩。龍泉上手，音未出，大地已騰動。怪物疾走造成的震盪與世遷發出的氣息混集起來，肅殺之意更顯濃烈。

三百米、二百五十米、二百米、一百米……

歐世遷內勁飽提，雙手兩指齊按四個笙簧音孔，欲以和音擊殺眼前怪物。簧聲和響，一道音擊化成光刃直線飛射攻向怪物。然而，怪物在一瞬間彷彿又再進化，視覺和觸覺更趨敏銳，敏捷的動作避開了音擊，兩者在毫米之間擦身而過。

管家對面前的景況驚愕咋舌，生死相撲盡在剎那之間。世遷見一音未成，二音再上，加入低音作輔助，音擊化成兩道光刃，交叉攻擊怪物。豈料，怪物用力縱身躍上半空，再度避開一切攻擊。

「這種身法……」世遷訝異瞬間，怪物已經迫近面前僅餘二十米，機會只剩下最後一次。彷彿感受到最兇惡的危機，一股力量突然穩住了世遷的內心，眼睛的瞳孔出現了閃爍的光芒，意識催動笙簧而鳴響，二十一支竹簧衝天而出，交集出的樂聲對怪物造成聽覺的牽制。雜亂的意識影響了怪物的反應，拖慢了牠的腳步。

然而，二十一支竹簧圍成圈環，包覆著怪物周身，阻止了牠的前行。繞著圈高速旋動形成了最高格的擊殺聲響，積聚的樂聲滲入了每一粒異變的細胞。怪物的動作開始不受意識控制，全身肌肉不斷膨脹又收縮，臉上呈現痛苦不堪的表情。

世遷揮動手中的笙斗，把二十一支竹簧召回，組合回一把完整的笙後，一音奏出，引爆積聚在怪物身上的音勁之力，力量衝體而出，怪物瞬間爆體死亡。血肉模糊且爆裂後的爛肉塊散落在青瀝的地上，頓時四處彌漫著血腥惡臭的味道。

一場驚心動魄的戰鬥總算告一段落，夕陽西沉，緩緩地退至大海的身後。彷彿已經用盡了全身力氣的戰士，歐世遷突然暈倒在地，形成長長的身影落在地上。氣空力盡的他倒地不起，完全地昏迷過去。管家連忙上前把世遷扶上車，然後開車絕塵而去。

「這種程度已經不能再生了……」坐在房車內的男人把整個戰鬥過程都記錄下來，翹起嘴角並露出輕蔑的笑容，陰險的表情彷彿在密謀著甚麼似的……

這一天的夕陽把一切都染成了如血一般的赤紅。

第十四章 迷失真相（下）

怪物造成的騷動掀起社會上一陣陣的熱話。「惡狗破壞香港市！」「現實版生化世界？」各式各樣的吸睛題目充斥在網絡世界和香港的大街小巷。有人用行車紀錄儀拍攝到惡狗在高速公路上橫衝直撞的片段，眾人討論紛紛，不同的流言蜚語成為了都市熱話。

大型的試管中裝著發出螢光的培養液，裏面有不同的輸送管連接著怪異的生物身體。

「失敗了嗎？」孫葵英語帶諷刺地問溫德倫。

雖然不屑對方的嘲諷，但溫德倫卻一臉泰然自若地回答：「那不過是前人的作品，並不是屬於我的傑作，所以這並不算是我的失敗，而是他的失敗。我只是把廢物循環再用而已！」

「是嗎？你們這些自認為天才的科學家，就是一群自以為是的生物。」孫葵英繼續冷言譏諷著溫德倫，他認為自作聰明的人最終都會作繭自綁。話雖如此，但孫葵英自覺或許自己也會有報應的一天，就好像自己陷害了之前那個博士。

「今次的失敗就當作是下次勝利前的準備吧！這次的戰鬥收集到的數據也不少，雖然是失敗之作，但已經逼得歐世遷難以招架。」溫德倫展露出可怕的理性，並一直分析著世遷的奏樂戰鬥方式。

「祝你復仇成功吧，小朋友！」孫葵英拋下一句便轉身離開，然而嘴角微微翹起，依然掛著陰險的嘴臉，看待局勢的變化。

溫德倫沒有回答孫葵英的假意祝賀，只是對他的背影嗤之以鼻。隨即從自己的衣袋裏取出一張感應式密碼鎖匙，打開了一道又一道厚重的裝甲門。綠色的光芒四散於空置的周圍，詭異又神秘的氣氛籠罩著這個密室。溫德倫凝視著面前的柱狀形培養液容器，裏面有一條如幼蟲般的生物在蠢蠢欲動，長滿全身的孔輕微地膨脹又收縮，就像呼吸般。

「你們人類的世界脆弱得驚人，四處滿是漏洞。我可以隨時在下等生物的眼前出現，也可以隨時像吹熄蠟燭的火焰一般，令你們的生命之火熄滅。現在為何不享受一下這個過程呢？一瞬間就收拾你們，這也太浪費了吧！況且也滿足不了我對你們的復仇之心，你們這種生物應該要千刀萬剮，現在就讓我先繼續蔑視人類，讓恐怖在背後操縱一切！」溫德倫望著那幼蟲彷若宣言般自言自語，並發出讓人心寒的笑聲，聲音環繞著密室。

另一邊廂，一直躺在床上不動聲色的正是擊敗怪物後的歐世遷。由於過度虛耗體力，超出精神能量負荷的界線，意識失陷令他昏倒超過四日的時間。

「嗚呀！」一道又一道慘烈的哀鳴聲四處冒起，彷彿立身於死亡氣氛中，殺機處處。微風傳來漸重的鏽味，刺激嗅覺，蔓延在地上的腥紅，使人腳步沉重。驚心動魄之際，歐世遷拖帶著戰慄的身軀轉身，所見之物更是訝異。邪惡的生物以尖銳的獠牙咬破自己頸上的血管動脈。死亡的可怕、皮肉撕裂的痛，也不及內心的痛。「怎……怎會是你……怎可以是……你……」

那生物的輪廓像是可怕的異獸，又像某人的臉孔……

「呼……嗄……」貪婪地吸了幾口氣，原來一切不過是噩夢，歐世遷從床上驚醒。

聽見聲音的管家立刻從客廳走進房間裏：「少爺，你終於醒了嗎？」

「嗯……那噩夢很真實……」世遷滿頭大汗地沉吟著。

「遇見過那種怪物，任誰都會發噩夢吧！已經沒事了，大家都平安。」管家雙手抱緊著因噩夢而身體顫抖的世遷，更哽咽得落了淚。

見到管家為自己擔心得滿眶眼淚，世遷也不敢把自己的夢境告知對方，只好把悲傷留給自己。

管家向世遷道歉，因為要拯救自己而把準備送給人的禮物丟棄，浪費了一番心血。世遷報以微笑回答管家，那是勉強的笑容，更盛載著苦澀的樣子。相比於怪物的事情，莉娜的信件令世遷更為揪心。

管家徐徐地離開世遷的房間，好讓他自己一個整理一下思緒。因為，這個時候已經不是安慰的說話就能夠撫平對方的心情的。

從記憶裏想起在與怪物戰鬥的時候，世遷把莉娜給自己的信件不小心弄掉。雖然失去了實體的紙張，但信件內字裏行間的每一句說話，他也記憶猶新。每當閉上雙眼的時候，文字就彷彿變成聲音在腦海裏不斷迴響，勾勒起內心最痛的情緒。剎那間，鼻頭一酸的感覺刺激著大腦神經，痛不在皮肉，痛也不是筋骨，是那種口不能言、揪著心卻撫摸不到的傷痛。眼睛雖然麻痺，但滾燙的淚水依然粗暴地從眼眶裏劃皮而出，流過之處化成痛癢的烙痕，直至沾濕了整張床褥。

二月十三日的晚上，是怪物出現前的一天。

這個晚上莉娜暫停了古箏的練習，鎖起房門在房間內猶豫不決地踱步。對於歐世遷對自己的愛意，莉娜是感受到的，甚至對他亦有動情。因為每當見到對方的雙眼，自己都會有一種觸電的麻痺感覺。可是，想到與許思源的關係，道德觀念綁住了自己最誠然的一面。

許思源就是在幫府發生爆炸時，背著莉娜從叢林裏悄悄地脫離戰場的男人。他的年紀與歐世遷相若，長著一副氣宇軒昂的臉孔，為人樸實和溫柔，是大部分女孩子都會憧憬的好對象。許思源出生於中產家庭，而他也是一個極具畫畫天分的畫家，同時也略懂音樂，但美術是他的強項。

許思源把莉娜帶走後，莉娜從昏迷中醒過來。但自己身處之地並不是香港，而是內地，因為思源是一位來自中國內地的畫家。由於頭部受到強烈撞擊而導致失憶，莉娜遺忘了一切與歐世遷經歷過的事情，忘記了自己曾經是另一位面具人的身份，也把洛斯達忘記得一乾二淨。對莉娜來說，這可能是放下一切執念，重新開始的好機會。但對深愛莉娜的歐世遷來說，這卻是痛苦的折磨。

莉娜從昏迷中醒過來，映入眼簾的即是一片開闊的城市風景。腦海空虛一片，對此刻的莉娜來說，這是她初次看到的外界。映入眼簾的景象即是廣闊無邊地連綿著的天空，她透過玻璃大窗高居臨下地俯瞰著城市景色。莉娜臉上浮現出驚訝的神情。同時，失去了過去的記憶，但陌生的環境依然令她感到有種不自在的感覺。

「你終於醒了嗎？」許思源雙手捧著一盆暖水和一條熱毛巾，從房門外慢步走進來。

自從把莉娜救回自己的家後，思源每一天都用毛巾為莉娜擦洗臉龐，正人君子的他當然不會趁機會佔對方便宜，但他一直期待的是當莉娜甦醒後可以面對面認識對方。

失去記憶的莉娜對眼前的一切都感到陌生，思緒混亂令她整個人都慌張起來。可是，聽到對方溫柔聲線的問候，她的心靈彷彿得到了一絲的慰藉和安全感。

「你……是誰？我在哪裏？」莉娜的神色詫異，抖顫著纖瘦的身體戰戰兢兢地問。

「我的名字叫做許思源，我是一名畫家，不久之前我南下到香港，作油畫寫生。在旅途中遇見發生意外而昏迷的你，因此我便把你帶回自己的家中休養。由於事發突然，我不敢貿然把你送去醫院，所以找了一個相熟的私家醫生來為你診治，看來你現在的情況已經好轉了。」

「我……」莉娜很努力地理解對方的說話，但失去記憶的她，對思源的說話感到一頭霧水。

思源對莉娜的反應並不感到意外，因為早在她醒來之前，醫生已經向思源解釋過莉娜頭部的狀況。心裏知道面前的女孩是失去了記憶，但又不忍告知對方真相，思源只好暫時把此事擱置。

隨著時間的流逝，轉眼已經過了一個月，莉娜的身體逐漸康復，但記憶依然是凌亂。思源嘗試過按醫生的指導為莉娜定時做恢復記憶的測試，但卻苦無結果。莉娜失去了大部分的記憶，可是她卻依然記得古箏的演奏方法。在一整個月裏頭的相處，思源了解到莉娜在失憶前應該是位音樂好手，因此他特意送了一部上等的古箏，讓她能夠拾回人生和興趣。

對於音樂，許思源也略有涉獵，但他卻是懂皮毛的琴技。生於中產家庭，父母都對自己的修養有著高要求，可是思源卻對音樂的興趣不大，反而在油畫方面十分出色。聽到莉娜練習的箏琴之聲，內裏帶著一種嬌柔的感覺，思源漸漸被莉娜身上所散發的女性氣息吸引著，開始對她產生了情愫。

許思源是位很懂得照顧女性的男人，細心且溫柔的他逐漸得到了莉娜的芳心。就只有一個月多的時間，他們已經在一起成為了情人。

思源對莉娜從外到內都照顧得無微不至，女方髮絲稍微凌亂，他會精心安排一個髮型師為對方修理，讓莉娜保持美態形象。作為一個油畫藝術家，許思源欣賞著莉娜那份嬌柔的女性魅力，更捉住了她奏琴的一刻，在一筆一線的交織下，女性精美的輪廓活現在畫紙上。每當莉娜心情複雜，缺乏食慾的時候，思源亦會特意帶她到不同的特色餐館，一嚐各國菜式。被這種幸福的寵愛包圍，任天下間的女孩子都是畢生盼望，這時候的莉娜彷彿活得像童話故事中的公主一樣。

可是，緣分的作弄讓這一天依然來到⋯⋯

莉娜無意間在網上看到一個關於香港藝術學院招生課程的廣告，這在她的心裏有種莫名其妙的熟悉感。但是，自己的內心偏偏被這種模糊又不肯定的感覺吸引著，因此她向思源提出了自己的想法，要求去香港學習。

思源和莉娜雖然已經在一起一段日子了，但他心裏清楚明白，對方當初是因為某些原因捲入了新聞報道中的幫府事情，在機緣巧合之下才與自己相遇，對方本來也不屬於這裏。他既害怕莉娜返回香港之後從此失去對方，又擔心自己的溫柔性格拖累她。可是，思源不想莉娜失望，更希望對方能追求自己的快樂，所以他決定送莉娜到香港藝術學院讀書，並為她墊付一切學費和生活費。

「這是我小小的心意，你收下吧！」莉娜從思源的手上接過一張十萬元的支票。

「這張支票我不能收下，這段日子你已經把我照顧得很好了，你替我墊付的學費我會分期還給你的。」莉娜是一個有骨氣的女子，所以斷然拒絕了思源給自己的錢。

雖然覺得莉娜外表嬌柔，但是內裏卻藏著一股女漢子的風骨氣節，許思源從此對莉娜有著更深層的愛慕！

時間轉眼間便去到開課的前一天，許思源伴送莉娜到鐵路站。溫柔的男人目送著自己的女朋友離開，也許在這次分別後就不會再有重逢的機會……是自己對莉娜不夠有信心，還是有其他的原因，許思源不知道，更不敢多想。既然到香港學習是莉娜的心願，思源只好成全對方。君子一吻送別莉娜，那是謙遜有禮的男子風度。最後，兩人各自懷著不捨的心情揮手道別。

斜陽映照的倒影，拉出一道不捨的情絲，思源的視線追著漸遠的列車，莉娜回眸的瞬間景象已經移動，列車朝著香港的方向一直長驅南下。

到底二人的感情能否在兩地維持？許思源又會以何種方式再次出現？

第十五章

領導者的對話

穿著筆挺西裝的男人俯瞰著整個香港景色，傲慢之態猶如王者一般。

「局長，外面有一名叫Samson的男士想見你。」秘書敲門，然後開門問道。

「請他進來吧！」陰險的眼神稍微收斂起來，保安局局長以莊嚴的口吻回覆秘書。

複雜的心情使腳步變得沉重，記起以前的自己穿上工作的制服，那不僅是代表一種責任，更是一種使命。如今已經退休的自己不過是一名平民而已，踏入如此莊嚴氣氛的工作地方，Samson有一種難以言語的不自在感覺。

「嘿！我的老朋友，今天為何如此空閒來探望我呢？還是喜歡喝那種茶嗎？」局長用一副友善的口吻說話。

「隨便就可以了！」Samson面有難色。

局長指示秘書去泡兩杯熱茶，房內二人四目交投，面前明明只有一桌之隔，但是一種難以言語的距離感令大家有著陌生的鴻溝。

「幫府一事之後我也退休了，現在只是個享受家庭樂的男人，你呢，耀光？局長一職令你忙得不可開交吧！」

面對老朋友也不需要用官職作稱謂，耀光以朋友的口吻回答，及問候Samson最近的情況。

擺放在桌上的熱茶，冒出一絲絲的白煙，濃烈的茶香道出兩人過往深厚的友情。在這段日子裏，Samson明查暗訪，希望可以找到證據釋除之前歐世遷對耀光的猜疑，還他一個清白。因此Samson必須親身去印證對方，因為他是自己過去唯一且很要好的朋友。

「最近這個世界變得越來越不可思議了，早前那段新聞報導的異獸怪物你有聽過了嗎？」Samson終於按捺不住內心，開始第一條提問，測試對方的反應。

聽到這番話的時候，耀光從容地回答對方的提問：「這個年代已經不再是我們以前的時代了，那種鎗林彈雨黑幫爭鬥的時代看似已經結束，就在那位姓歐的少年手上結束的。現在是一個全新的時代，異獸怪物或許是這個時代的黑幫吧！」

「這個一點也不有趣呢，耀光！你還記得三十年前，我們當初畢業的理想和抱負嗎？」Samson續說。

「這已經是很久以前的事了，任誰年輕時都會抱有一定的幻想，可是我們卻活在現實且殘酷的社會裏，人總要隨著時代的進步來進化啊！」耀光一臉傲然地說。

這番說話對一般人而言可能不以為然，但這種傲慢的神色與口吻卻顛覆著Samson對耀光一直以來的認知。過去的羅耀光是一個謙厚有禮、勤奮好學的男人，是個模範生，更是所有人的榜樣，這種自大的口吻令Samson有種陌生的感覺。

於是他進一步再提問：「以前被我們抓入獄的那個溫德倫，他逃獄了至今也下落不明，你有他的消息嗎？」

面對Samson單刀直入的提問，耀光依然一副從容的樣子，泰然自若地回答對方的提問：「你不是前處長嗎？利用你的人脈關係要追蹤他應該不困難吧？不過……我也明白以你現在的身份去干預內部消息，也未免有點困難。說實話，我一直都與警方高層有保持聯繫，並追捕那名青年逃犯。但是一直未有消息，也許他真的是個天才吧！可以如此逃過我們所有人的耳目。不過香港是一個法治社會，身為保安局局長的我一定會竭盡所能，把他找出來繩之於法！」

聽到耀光這一席話，Samson一直留意著對方說話時的神態，雖然表面沒有任何異樣，但總是有種說不出的距離感。然而，抓緊對話的機會，Samson再次提出更尖銳的問題：「聽說你與以前魂鷹社老大的妻子姚彩妍聯絡過，有這樣的事情嗎？」

「有啊！但也只是出於公務上的外交聯絡，雖然姚彩妍以前是歐世鷹的妻子，但是她的家族也是世代從政。同時，她與世界各地的官員都有著千絲萬縷的聯繫，所以我也要與她保持一定的外交關係，這是屬於官員的正常事務。而且，她在英國從事的都是一些正當行業，是個很有名氣的巨富商人，對吧？我也聽說在幫府一事後，你有繼續聯絡姚彩妍的兒子，有這樣的事情嗎？」耀光藉著機會完全合理化自己的解釋，順便再反問對方，有這種套路果真是上智之人。

「真是甚麼事情也逃不過局長的線眼呢！」Samson笑言。

「在幫府一事之前，我已經很欣賞那位少年的熱誠，過去逮捕溫德倫和消滅香港三大黑幫，他為我們穩定社會作出了很大的貢獻，我一直還沒有機會向他作出正式的道謝呢！下次有機會不如讓你請他過來，約個時間讓我們三人能夠好好傾談一番吧！」耀光用友善的口吻向Samson道出這番話來，從表面的語調，Samson根本看不出有任何敵意的端倪，可是心裏就是有種奇怪的感覺。

「耀光，今天我來只有一個核心問題想問你，如果你看到危害社會安全、破壞人類幸福的事情，你會竭力阻止嗎？」Samson收起笑容，嚴正且認真地凝視著耀光的眼神發問。

「這一層當然吧！我身為香港的保安局局長，我會竭盡所能維護香港法治安全。」耀光用彷彿有種使命感般的論調道出這番說話來。

雖然在起初的話語裏有種自傲的感覺，但也許是人步入職場太久吧，慢慢被社會磨得尖銳現實。一番振振有詞的對話令Samson好像釋去了本來的疑慮，但那種怪異且難以言語的感覺依然殘餘少許在Samson的心緒一角。不過，目前卻找不到任何有力證據證明對方是與惡勢力勾結。

「我一直都相信你，你是我最要好的朋友。」Samson語重心長地向耀光說出這句話來。

彷彿被對方這句說話打動著，本來眼裏空洞的耀光彷彿恢復一些人情味，瞳孔和冷漠自傲的口吻開始有一點的改變。

Samson一口氣把自己那杯熱茶喝下去，然後把茶杯完好地放回桌上：「今天謝謝你在百忙之中接見我，這杯茶我已經喝完了，味道雖然不及往時的好，但依然能夠在口裏品嚐。」

明顯這番說話是帶著另類的意思，可是耀光卻報以微笑，瓦解尷尬的氣氛。同時，也回敬Samson一句話：「哈？是秘書泡茶的手勢差了？還是現在你已經退休拿著政府給你的薪水，喝多好的茶都覺得辦公室的不好喝呢？」耀光從容地說。

「總之，希望下次我們再見面的時候，茶的味道可以恢復水準吧！再見了，我的好友！」Samson禮貌地頷首道別，便轉身離開。

聰明人的對話並不需要列字表明，從Samson與自己的對話裏，耀光彷彿感覺到對方好像已經成為了一個自己隱憂的危機，但這一刻還不構成任何威脅因素。目送對方離開後，一把邪惡的聲音彷彿要搶奪耀光的意識主導權。

「人類，你不擔心他會阻礙我們的計劃嗎？這個人看起來與你關係不淺，必要時你可以下手殺死他嗎？」

這一刻羅耀光的情緒再也控制不住，痛苦的感覺讓他按著自己的頭部猛搖，站起來的他踉踉蹌蹌地後退了幾步，從桌上提起茶杯，用力地投砸在地上，茶杯應聲爆裂。

「可……可惡！」身軀因憤怒而抖顫，耀光咬牙切齒！

隨著時間的推移，歐世遷的身體也逐漸恢復。怪物被消滅之後，社會也恢復了一段時間的平靜。當然一些零星的小罪案時有發生，但社會上卻沒有出現甚麼重大的事情。之前的危機好像已經完全瓦解了，所有人都繼續過著正常的生活。

轉眼間數個月的時間過去，來到了暑假的月份，剛好是幫府被消滅的一週年。這一年裏，歐世遷經歷了人生莫大的變化，他明白到自己要守護世界的使命並未有完結，而且自己要守護莉娜的決心依然沒有半點改變。因此他每天都很努力地練習笙樂，並一直鑽研不同的技巧，希望透過新的招式去加強自己的戰鬥模式，為未來的危機做好萬全的準備。

同時在暑假期間，變得踏實的歐世遷為了靠自己賺取生活費和繼續打擊地區罪惡，於是善用假期去做暑期工，並刻意挑選了經常發生罪案的地方埋藏，在一間便利店當通宵店員。最後他成功掃盪了那一帶的黑幫殘餘勢力，更結識了一名女同事——楊倩。世遷以「小倩」稱呼對方，是在一次小混混搗亂事件中，從這群生事的敗類手上拯救了她。二人更因此成為了朋友，而小倩也對世遷懷有情愫。可是，當小倩知道世遷心裏有著藤原莉娜的時候，便開始漸漸疏遠，並和世遷保持距離，兩人的感情最後也沒有開花，無疾而終。

伴隨著暑假的完結，世遷賺取了人生第一次做工的工錢，那是寶貴的人生體驗。拒絕了別人對自己的愛慕，但卻堅守著對莉娜專一的感情，歐世遷就是這種男人。

另一邊廂，管家也一直暗地裏為世遷作情報收集的工作。Samson坦白地把自己去試探耀光的事情告知管家和世遷，三人經過討論之後決定先要解決溫德倫的問題。因為溫德倫是檯面上的危機，所以在世遷一番思量後，他想出了一個以自己作誘餌去引出溫德倫的逮捕方法。

「少爺，這太危險吧！」管家憂心地說。

「年輕人做事就是要有萬分幹勁呢！」Samson的話語裏有著欽佩的感覺。

歐世遷打算以明目張膽的態度向溫德倫宣戰，因為他清楚對方性格高傲，而且男人是受不起挑釁的動物，所以他決定引蛇出洞。與其要花心思和資源去找尋他的位置，倒不如直接引他出來，一口氣解決事情。

歐世遷請求Samson為他聯絡各個社交媒體平台和報章雜誌，散播消息說有可靠資料提供，面具人要剷除危害社會的逃犯溫德倫。

消息釋出之後，網絡上的社交平台和新聞報道都大肆撰寫著「面具人要替天行道、捉拿逃犯」等標題。這種鋪天蓋地、囂張拔扈的挑釁，確實令那個自命不凡的天才少年溫德倫氣急了。

看著電腦屏幕上的新聞消息，羅耀光和孫葵英在同一時間、兩個地方，不約而同地展露出陰險的嗤笑臉容。奸險的陰謀家同時道出這句話來：「這一下子有好戲看了！」

面對面具人的公然挑釁，溫德倫到底會作出何種的復仇？是天才少年棋高一著，還是護世使者力壓群雄？藏在暗方的人又有怎樣的陰謀心思呢？

第十六章 巧局

甜蜜是美好的憧憬，苦澀卻是糟糕的回憶。

情人節的前一個晚上，莉娜為歐世遷的事情糾結，在她早期的記憶裏就只有與許思源相遇的那一段短淺時日。但對於世遷的事情，莉娜卻沒有半點印象，有的就只是一種微妙虛幻的感覺，它纏繞著自己。因為自己已經有男朋友，所以不能再接受其他男性的追求，莉娜被這種觀念束縛著自己內心的感覺。

在離開內地返回香港的時候，列車高速行駛，在車廂內莉娜忐忑的心情一直揮之不去，她凝視著窗外的風景，映入眼簾卻是熟悉又陌生的景象。不知為何，但內心就是被零散的感覺糾纏。憂鬱的眼神帶著一絲不捨，回憶卻是過去一個月多與許思源一起生活的幸福快樂日子。

到埠之後，莉娜便立刻動身到學校預先安排好的宿舍安頓入住。香港藝術學校的宿舍位於香港上環中半山區的地方，莉娜開啟著手機裏的地圖，四處張望著尋找宿舍的位置。在香港中半山這種混合文化的特色街道裏，有著各國不同的人在流連。有上班的，有閒逛的，也有在咖啡店休閒地看書的文藝青年。

莉娜雖然一直在努力尋找宿舍的位置，但張望的同時也在觀察周遭的環境，舒適的街區令她身心舒泰，心靈也感到恬靜。

行李箱的滑輪與青瀝的地面互相摩擦，發出咯咯的聲響。莉娜拖拉著行李箱一邊尋找位置，一邊詢問途人。巧合之間在眼角餘光裏，她留意到有一名與自己年紀相約的男孩在對面的街道經過，那是觸電的感覺，一股刺痛感令她頭部產生劇烈的痛楚。

莉娜雙手按捺著頭部，疼痛使她踉蹌地後退了幾步，幸好被詢問的途人攙扶了自己一把。

「小姐你沒有大礙嗎？」

「嗯……還可以，謝謝你！」

頭痛的感覺逐漸消退，莉娜向途人致謝之後轉身一看，那個讓自己觸電的身影已經在視線裏消失。

參照途人的指示和地圖的指引，莉娜終於到達了宿舍的位置，那是一幢單棟式的大廈。

「嘩！」莉娜為宿舍美好的地理位置而驚訝著。

開門進入自己的單位時，莉娜兩眼掃視室內環境。簡約的客廳兩側有兩間客房，更備有獨立的洗手間和梗廚，是香港典型的兩房單位佈置格局。當莉娜踏入門口的瞬間，一個與自己年紀相若的女孩突然從房間裏走出來，並手舞足蹈地熱烈歡迎著莉娜。

「哦！原來你就是我的宿友藤原莉娜，歡迎！歡迎！我叫做黃依楠，也是香港藝術學校的一年級大學生。我是彈鋼琴的！」

從女性的角度看來，深知對方也是一個非常活潑好動的女孩，這一定是個好宿友。受到別人的熱情歡迎，莉娜從驚訝之中平靜下來，釋出友善的態度向別人自我介紹：「我是來香港學習古箏的，你好！」

正當二人在互相介紹自己的時候，兩名快遞運貨員突然敲響大門：「請問誰是藤原莉娜小姐？有幾件貨件是從內地寄過來給你的，麻煩你簽收一下。」

好奇心重的依喃站在莉娜的身後，將頭左右伸探，看看到底是甚麼貨件。當簽收過後拆開包裝，一陣幸福的情意湧上莉娜的心頭。

那是之前思源送給自己的古箏和另一部全新的古箏，同時也配備了琴的腳架以及一切所需的配件。

「嘩……這兩部琴價值不菲啊！」依楠驚嘆著。雖然她不是彈奏古箏的，而是學習西樂鋼琴的樂手，但是音樂人一眼便能分辨得出樂器的價值。

拆開包裝的同時，莉娜看到裏面夾帶一封思源親筆寫下的信件，內容提及另一部古箏的用途。

莉娜：

我真的不捨得你離開，但……既然這是你的意願，那我只好全力支持你。我安排了快遞把之前你在我家彈奏的那部琴送過來。另外一部古箏是我預備給你到學校上課用的，這樣一來你便不用經常來回帶備古箏上學。兩台古箏都是專業的演奏級樂器，相信以你的演奏水平應該可以好好駕馭這兩部琴，請在學習的日子裏好好加油！

思源

躲在莉娜身後的依楠偷偷地看著信件的內容，然後一副滿是少女情思且不懷好意的臉容斜眼側望著莉娜。這種不懷好意的目光令莉娜雙頰漸漸泛紅，表情恢復了少女的生氣，而且不知不覺地變成了尷尬的笑容。

「原來是一個被寵幸的小公主……呵呵呵！」依楠用手肘推了莉娜一下，並偷笑著。

被幸福的感覺包圍著，莉娜感動得流出眼淚來。

在宿舍一年的生活轉眼已過，第一年的課程順利完成。二零三五年七月莉娜在暑假的時間回到內地，並居住在思源的家中，二人過著同居的情侶生活。

另一邊廂，歐世遷選擇在暑假裏進行計劃揪出溫德倫，是因為他知道莉娜已經離開了香港，雖然歐世遷是有絕對的能力可以調查莉娜的去向，但因牽涉到對方的私隱，深愛對方的世遷就算想守護莉娜，但也絕不能干涉到這種程度。

不知道是好還是壞，幸好世遷並沒有進一步去調查，否則思源和莉娜同居的事情一定會令世遷崩潰。

所謂：成事在天，謀事在人。果然，歐世遷的激將法奏效了，在巧妙的佈局裏，他一早已經安排了一個既安全又不用擔憂周遭環境受到波及的地方，那是新界邊境一座即將被拆卸的舊工廠大廈的地面。

空氣飄散著霉菌和塵埃的氣味，從裂開的窗戶中滲透出一道灰白色的光線。在月黑風高的晚上，即使是炎炎夏日，面具人依然穿起黑色長褸，一個神秘的身影在等待著危機衝著自己而來。

面對這種挑釁，天才少年當然要作出相當的回應，一陣強烈的肅殺之意推擁在面具人的身後。

「終於來了嗎？溫德倫！」面具人背對著溫德倫率先發言。

「哼！特意選在這段時間，你是有備而來。」溫德倫以輕蔑的態度回答面具人的說話。

「不單止是有備而來，更有……敗你的自信！」面具人用胸有成竹的語調回敬。

二人的口舌之爭，互不相讓，是天才之驕傲，更是各有千秋的實力拼搏。

「上次那隻變種異獸未能殺死你，是你好運氣。既然你能如此公然挑釁我，當然我也不能失了禮數！」溫德論一副自信的樣子，彷彿有著十足的把握能一雪前恥，殺死眼前的仇人歐世遷。

「啊……對了，在這種雙峰的對峙下，為何你還要遮蓋臉孔，還不如露出真面目與我一決高下吧！難道你只是個躲在面具下的縮頭烏龜？」溫德倫稍微以輕蔑調侃的態度挑釁著歐世遷。

戴上面具就是不想讓別人知道自己的真正身份，縱使知道有泄露的危機，但男人絕對是受不起挑釁的動物。言語的爭鋒摩擦挑起了一絲火花，世遷雙拳握緊，眼神銳利堅定。

雙方各自都是不同領域的天才，自尊心極強的他們恨不得把對方徹底解決。於是……

「哼！」

一聲哼，世遷轉身過去，摘下面上冰冷之面具，一襲傲氣道骨，一派氣態超然。絕塵拔俗的風姿，他昂首傲然露出自己原來的面貌。

管家和Samson藏在遠處一旁，用望遠鏡一直觀察著整件事情的發展，懂得讀唇的Samson知道了他們的對話，他替世遷擔心起來，逐問管家：「他能應付得到嗎？今次溫德倫應該是部署好了一切而來。」

「你上次又說少爺是個有幹勁的年輕人，怎麼現在你又說出這種話來呢？放心吧！少爺的守護之心比誰也高，我相信今次他一定能夠徹底擊敗這個不懂事的小子，你就在這裏好好看著他的戰鬥吧！加上你不是也為此安排了額外的退路嗎？」管家對世遷抱有絕對的信心。

「吓……我沒有啊！」Samson兩頰泛紅，一臉尷尬地輕聲說道。

「甚麼！你竟然沒有安排其他退路？喂喂，你不是前處長嗎？你應該要佈局好所有警力用來逮捕溫德倫的呀！」管家被Samson的回答氣得快要跺腳。

「喂！你自己也懂得說我只是個前處長，現在的指揮權不在我身上，而且也不知道有沒有政府高層參與了惡勢力的行動，我怎能夠打草驚蛇。那小子是擁有神奇力量的人，他不是有萬全之策了嗎？而且這個計劃也是他自己想出來的！」

管家膛目結舌地凝視著Samson，他們二人心裏都有著同一種想法：「慘了，在這種情況下還要摘下面具……」

面對眼前危機，雙方都受到極端的挑釁，天才之爭已經摒棄一切，在二人心裏就只有擊敗對方的念頭。

經過上次與異物的一戰後，世遷努力鍛鍊過自己的身體和奏音技巧，甚至把自己的意念能隨意與笙簧融合。

雙方對峙而立，肅殺之意攀升至極點。然而，只見歐世遷雙指朝天，空間裂開一道沛然聖光，一把龍泉笙昂然現世。

眼見面前的仇人一副胸有成竹的面貌，作為受盡屈辱的天才，溫德倫光是見到便火大了。於是他從衣服的口袋裏取出了一個遙控器，按下鍵掣的剎那間，一陣濃烈的重重殺意籠罩著工廠大廈的四周，恐怖且醜陋的輪廓在黑暗中逐漸清晰。三隻外表醜陋，彷彿混雜了其他物種的狗犬類生物從暗角疾撲而出，並同時張開血盆大口，發出低沉且嘶啞的憤怒吠聲，吐出濕熱的氣息。四肢的指甲尖銳得像削鐵如泥的刀刃，似要把面前的敵人無情殘忍地五馬分屍。

雙方肅殺的眼神互相對峙著，一場天才世紀之戰即將爆裂展開！

第十七章

復仇之戰（上）

萬千變化，眨眼即逝。沉重的壓迫，雙方未觸，殺意已隨心而起。就在滴汗落地的一瞬間，宿敵恩怨一觸即發。

三隻犬類異物受遙控器的操控下而發出怪異聲響，從頭部至全身不斷抽搐扭動，在一瞬間下肌肉撕裂又組合，並同時撲通的脈動膨脹起來。

「怎會有這種情況出現……」恐怖景象令窺探中的Samson抖顫咋舌。

「這景況我已經見過一次了，但今次同時出現三隻，而且好像比上次的更難對付……」管家咬牙切齒，抖顫著手說道。

聽到這番話後，Samson不禁心頭一寒，他開始不敢相信眼前的景象是現實。人生過去數十年都在與黑幫爭鬥對抗，盡力維護社會治安。可是因科技的飛躍發展及天才少年溫德倫的出現，更可怕的事情便發生了。利用科技把生物的基因細胞改變，並用動物作合成測試，背後的目的到底是為了甚麼？Samson勉強地壓抑著心裏的恐懼，思考這一切到底是藏著甚麼陰謀。

面前的異像，歐世遷已不再訝異，以精悍之態沉著應對。

「耶魯斯……請助我一臂之力！」

「哼！你的精神和肉體要承受得住才行啊！」耶魯斯毅然回應。

人神心意合一，正是要發出強悍的力量。三隻異獸各自進化成不同形態，長著翅膀的飛行形態，長著健碩軀體、四肢發達的肌肉形態和長著兩隻有如利刃般的獠牙、滿身尖刺的怪異形態。三隻異獸各有特性，溫德倫明顯是參考了上次的戰鬥數據，並作出了多方面的調整改良，將生物改造了基因，並透過科技方法將牠們操控，使之變成殘暴的血獸！

肅殺之意不斷攀升，死亡沸騰著整個廢棄的工廠大廈。歐世遷擺好架式，準備以意識催動笙簧之聲。

「殺掉他！」溫德倫一聲令下，三隻異獸一擁而上，各自逞能。受基因改造的影響，異獸的意識和腦海裏根本沒有自我，而牠們只是一頭只懂得聽從命令和時刻充滿憤怒感覺的有機生物而已。

振翅飛行的異獸從上空向歐世遷攻擊過去，然而經過鍛鍊的世遷以強悍的意志化成意識催動笙簧，二十一竹簧衝斗疾射而出，交錯縱橫之態，各以三支竹簧分成七組和聲組合，和聲震動音波造成強大護盾，一擋異獸蠻橫之力。

「呼！嘭！呼！」三隻異獸各自運用自身的技能不斷向笙簧交織的護盾衝擊，然而衝擊之反衝力造成極大的聲響和撞擊氣流，就連溫德倫也不禁用手來擋起亂流。

「可惡！他的戰鬥模式我明明已經做過了徹底的分析，他不是只懂得樂聲攻擊的嗎？怎麼現在防護方面也會做得這樣好！」溫德倫見狀不禁訝異起來。

另外兩隻異獸分別用頭、四肢和射出尖刺，不斷攻擊音波護盾，但依然是徒勞。

「這種狀態分明是持久戰……難道少爺想拖延到牠們氣空力盡的時候才一招擊殺？」管家在遠處一邊窺探著戰鬥情形，一邊揣測著世遷的想法。

「但是如果情況相反，戰局一直僵持下去的話，倘若歐世遷沒有足夠的氣力支撐到牠們力盡，最終也是抵擋不了牠們持續的攻擊……」Samson擔心著戰局的狀況。

異獸持續不間斷的攻擊開始令世遷感到精神疲憊，意識開始出現稍微的紊亂，由於新技巧剛練成不久，因此還未能完全得心應手。笙簧組成的七組和聲力度開始減弱而快要失守。

雙頰冒出滾燙的汗水，於是歐世遷當機立斷，收回兩組笙簧，讓其六支竹簧變化成能夠攻擊的氣刃組件，意識催動簧片使六支竹簧各自發出響鳴，並化成音擊，交錯縱橫地疾射向在半空飛行的異獸。

「啪勒！」的聲響是竹簧穿破異獸雙翼後折斷聲，飛行異獸應聲倒地，並發出痛苦的叫聲。

「怎有可能……2號！3號！你們快給我撕破歐世遷這傢伙，我要他五馬分屍！」溫德倫驚愕的瞬間再度命令其餘兩隻異獸。

肌肉型異獸頓時發出強大的撞擊力量，不顧一切地把另外兩組和聲護盾撞破，直線撲向歐世遷。危急之間，世遷只好放棄防護之勢，以巧妙身法避開肌肉型異獸的攻擊。

尖刺異獸抓緊機會再度搶攻，幾十支如利刃般的尖刺同時飛射而出，縱使世遷的身手再好，但面對綿密如針的攻擊也不慎被劃破了皮膚，造成了一道深厚的傷口。

鮮血從傷口中湧出來，這種厚重的血腥味刺激起異獸的嗅覺和神經，因為血的味道會使牠們變得更兇殘和躍動。被折斷了飛翼的異獸亦再次活躍起來，展露出更兇殘的動作和表情，準備向歐世遷再次襲去。

一番傷勢互換之後，歐世遷明顯落入下風，四對一的局面，漸漸使他落入頽勢。

「哼！強弩之末，今日就是你的死期！為我受過的屈辱償命來！」溫德倫大聲呼喊著這句說話。

面對劣勢，世遷依然沉著應對，並一直透過戰鬥分析著異獸的動作和步速。

「一二、一二」詠唱節奏之際，笙簧化成的響鳴氣刃攻擊，直接斬斷了肌肉型異獸的四肢。倒地瞬間血花四濺，被斷肢的異獸發出慘叫聲音。

抓住了尖刺異獸每次發射攻擊之間的時間差，世遷再次催動五支竹簧以強大的和聲音擊化成三角音域結界，困著尖刺異獸的行動。

被折翼的異獸打算趁機偷襲，張開血盆大口縱身撲去，並瞄準世遷的頸部。在千鈞一髮的瞬間，歐世遷以體技腿擊重力將其踢飛，不但躲開了異獸的攻擊，更讓其受創。被困的尖刺異獸也開始受不住和聲的響鳴攻擊而逐漸失去活動能力，痛苦地扭團倒地。

「可惡！」眼見面前狀況一再失利，溫德倫怒上眉山。

重整架勢的歐世遷，嘴角微微露出勝利者的微笑，並斜眼睥睨著溫德倫急躁的臉容，彷彿在對他說「我已經贏了！」。

「這場戰鬥結束了，是少爺勝出。」管家鬆了一口氣說道。

「想不到這小子除了神奇力量了得之外，腿法也挺不錯啊！」Samson讚嘆著世遷厲害的戰鬥方法。

召回二十一支竹簧，組合成一把完整的笙，歐世遷手握龍泉，彷彿像揮動一把寶劍般指向溫德倫，遂以談和的口吻說道：「其實你我之間是否存有如此大的怨恨，非要戰個你死我活？為何大家不能直抒胸臆？」

「直抒胸臆？哼……哈……哼哼哼……哈哈……」一陣狂傲的蔑笑聲響徹雲霄，是天才的傲氣，更是對怨恨的吶喊。

「我們之間可以嗎？當初我以自身的智慧設計了音樂時空機打算造福人民，而你和藤原莉娜就把我花費多年的心血一瞬毀滅，你歐世遷憑甚麼可以阻止我的理想！十八歲之前我已經有兩個博士學位，我是一個天才科學家！但因為你的出現而令我蒙羞，甚至……甚至是感受到從來沒有感受過的屈辱。我是天之驕子！但卻被你弄成階下囚，受盡低賤下人的嘲笑。是你！一切都皆因你而起，你是罪無可恕！」溫德倫對歐世遷有著很深的怨恨。

「音樂時空機是錯的，你只是想把人類當作實驗品，就好像面前這三隻異獸一樣！你不是造福人民的偉人，你只是個瘋狂兼患有神經病的科學家，你是罪有應得！」歐世遷斷言地反駁溫德倫的說話，他使勁嘶喊出這番話來，是要以聲音把溫德倫整個人推向後一半。

歐世遷的嚴厲指控，激起了溫德倫更滾燙的怒火，遂說：「你覺得自己擁有特別力量，就可以替天行道嗎？你覺得自己有才華，音樂造詣比人高，就可以傲視一切嗎？不！你只是個自我感覺良好的無牌義警而已！生於黑幫世家，卻與自己父親的理念背道而馳，做出反向的事情瓦解家族多年來的勢力，甚至親手推翻家族的一切，你說你有多不肖？歐世鷹泉下有知，應該都會想從棺材裏爬出來狠揍你一頓啊，你這個不肖子！」

「……」這一刻歐世遷無言以對，明顯地溫德倫的說話對世遷的內心起了動搖之效。

就在世遷心神分散的一瞬間，像是要劃破二人對話般，剛被踢飛的折翼異獸清醒過來，以疾速撲向世遷。

「小心呀！」管家和Samson同時大聲呼喊！

危機撲面而來的瞬間，空氣、時間、空間彷彿都停頓了下來，世遷覺得時間就像陷入了重加速一般緩慢，他看到眼前的異獸竟變成了自己父親的臉容。

「嘭！」一下鎗聲響起，尖銳的聲線刺向了眾人的耳朵。

厚重的死亡氣氛籠罩著每寸土地……

到底是誰開鎗，又是誰會倒下？

第十八章 **復仇之戰（下）**

十一年前，得到音樂力量後的第一個早上，是歐世遷人生新的開始。

「你還在生爸爸的氣嗎？」歐世鷹輕柔地說出這句話來。

當時還沒改名成歐世遷的歐世龍冷眼瞥了自己的父親一眼，然後繼續低頭享用自己的早餐。

從兒子的眼神中，歐世鷹感覺到他還在對自己生氣，而一切是源於在軍火庫內的那一巴掌耳光。

打算動身前往日本，收納大三環社團的勢力，歐世鷹在機場臨別的時候撫摸著兒子的頭，叮囑一番。溫暖的手掌撫摸著小小的腦袋，令世龍從生氣中釋懷過來，心裏泛起的那一陣漣漪，直到現在依然記憶猶新。

重加速的一剎那過後，恢復現實的瞬間，子彈穿過了折翼異獸的頭部，異獸動作撲空，倒在地上當場死亡。

突如其來的鎗聲喚醒了世遷的意識。

「嘖！是誰干的好事！」溫德倫咬牙切齒，不屑有人出手救了歐世遷。

「誰……是誰？」歐世遷驚訝瞬間，四處張望。

躲在遠處窺探戰況的管家和Samson也在四處尋覓開鎗的鎗手，但依然是看不到任何可疑人物的蹤跡。

面對突如其來的景況，世遷無法動身去追尋那位拯救自己生命的鎗手，但剛才的情況令他察覺到自己周圍的危險性，這是奪命的恐怖感。

眼前剩下兩隻殘存的異獸，鎗擊的救援令世遷重新整理了一遍思緒，遂說：「不！這是一派胡言，我一定要擊敗你的扭曲！」

「死到臨頭，還要嘴硬！」溫德倫恨不得把歐世遷五馬分屍，於是他操控遙控器，輸入了一堆代碼，準備下一波更強的攻勢。

「他想做甚麼？」Samson既擔心又害怕。在旁的管家也冒出冷汗來，驚惶失措。

面對驚心動魄的未知危況，加上傷口帶來的皮肉痛楚，歐世遷依然強挺傷勢，沉著應對。

「快用那科幻力量把溫德倫抓住吧！」Samson擔心得把說話也快要吐出來似的，他恨不得自己親自動手。

「事情發生到這一步，他們天才的自尊心已經膨脹得不能再抑壓，以少爺的個性，他必定會等待溫德倫使出最後手段後，才會出盡全力擊敗對手。雖然我都認為現在是個下手的好時機……」管家一邊觀察，一邊解釋。

受刺傷的傷口不斷倘流出鮮紅的血液，這使世遷的意識開始不穩，視線也漸漸模糊起來。

「撐住啊！小伙子。」耶魯斯支持著世遷。

「嗯……」世遷彷似自言自語般，但聲線的氣力稍微變弱了。

溫德倫輸入了的代碼，原來是為了重組異獸的基因，三隻異獸受創的位置重新長出斷去的殘肢，而且好像變得比剛才的更強壯。

「就讓你見識一下我改良的再生基因技術吧！上次被你收拾的不過是前人的作品，並不完全是出自我的手筆。今次，我絕對不會再輸，我要你跪地求饒！」溫德倫口出豪言妄語，誓要為自己一雪前恥。

眾人驚愕咋舌之際，三隻異獸突然浮上半空，並長出更長的骨頭和肢體，互相連接起來融匯裂變，逐漸成為了一隻三頭六臂的怪物。

「雖然1號的頭部重創死亡，未能使出融合後的暴走威力，但殺你依然足夠！」溫德倫以輕蔑的態度嘲諷著眼前的仇敵。

「小心！此生物比上次的強大更多。」耶魯斯提示著世遷。

可怕的異獸三位一體，成為超過六米高的怪物，並向世遷張牙舞爪。恐怖、殺意、仇恨……一切負面的氣氛把眾人重重包圍。晚上昏暗的感覺更使人心生恐懼，抖擻的身軀只能任由黑暗支配，死亡的感覺把人逼得連呼吸都感覺沉痛。

「這怪物如果放任他走出市區必定會造成莫大的傷亡，所以……必須在此解決牠！」

呼……深呼吸令自己內心冷靜，世遷整理好自己的思緒專注眼前的狀況。面對巨大怪物，他不敢大意。於是，護世之心讓龍泉笙起了變化，彷彿感應到歐世遷的心意，龍泉笙成為了護世的聖物，散發出耀眼的金色光芒。

眾人和怪物受到金光四射的影響一度模糊了視力，世遷抓緊機會全力擊殺面前怪物。二十一支竹簧全力散開，每支竹簧彿如擁有獨立意識般交錯帶序地穿破怪物身驅，把怪物弄得滿身破爛，碎裂的肉塊遍佈滿地，更發出濃烈的惡臭味。怪物雖然力量強大，但由於體積龐大導致動作緩慢，因此避不開綿密的竹簧穿插攻擊。

「吼……」怪物被竹簧傷得沒有還擊之力，只能沐浴在痛苦的叫喊聲裏。

勝負明顯已分，世遷停下攻擊：「認輸吧，溫德倫！」

只見溫德倫嘴角一翹，陰險的臉容彷彿早已預料事情發展。被穿插破碎的爛肉塊從四散的狀態再次組合起來，更變出與之前不同的形態，怪物長出了彷若利刃的刀型骨手，並高舉向天作出揮動之態。

「危險！不要被它擊中。」耶魯斯再次提醒世遷。

怪物揮動刀型骨手橫掃破壞，工廠大廈雖然已經廢置，但依然存有很多工業廢料，因此怪物的破壞導致地方滿目瘡痍，沙塵暴起。

「殺掉歐世遷！」溫德倫無情地高呼殺令。

怪物接二連三的攻勢，逼使世遷只能四處利用附近的障礙物作掩護躲避。

「嘖……這種情況很難作出反擊。」世遷不忿地咬牙切齒。

「哼！哈！哈！……去死吧，歐世遷！」發出狂傲的蔑笑聲，溫德倫更顯瘋狂。

忽然，幾罐棄置的火油氣罐從上空勁疾拋來，襲向溫德倫的方向，下意識的危機感讓他及時跳避了襲擊。火油罐受到撞擊而爆炸，火焰無情地焚燒起周遭的棄置物。

「你這種劣等生物竟然膽敢襲擊主人！」溫德倫向怪物指罵著，說出侮辱之語。

「吼！」怪物怒然轉身朝向溫德倫，並發出如雷貫耳的吼叫聲，彷似想作出反叛的行為。

冒犯天才當然要付出相當的代價，溫德倫在設計基因病毒時已經預算過會有1%的叛逆排斥機率，因為實驗過程是把原本擁有自我意識的生物，篡改成可被控制且細胞不斷裂變又重組的強大生化武器。但由於那1%的不穩定因素，所以溫德倫留有一手，在遙控器裏面加入了懲罰和自我毀滅模式，以確保萬無一失。

溫德倫按下懲罰模式，怪物全身被強大的電流電擊，肌肉開始萎縮糜爛。天才的懲罰使怪物痛苦掙扎，四處亂撞，發出悲慘的哀嚎聲。

看著面前景象，戰局稍微緩和，世遷一邊保持高度警覺，一邊留意到怪物有著奇怪的異樣。怪物是由1號、2號、3號三隻異物組合而成，雖然牠們被篡改了基因細胞，但是人為操控的生命始終是有違天意，因此三隻異獸融合的基因不盡完善，所以牠們的體內開始出現排斥機制，除了對溫德倫的命令開始產生叛逆，身體各異變的部分也開始出現崩解分離之態。

仔細觀察下，世遷還留意到長在怪物身上的三個頭部，其中兩個的眼睛裏流出了不明的液體，難看之貌甚至會令人想作嘔。但是怪物發出的痛苦哀嚎聲挾帶著一種淒楚感，當下世遷彷彿明白了甚麼似的。

「可惡！果然失去了1號而強行融合會造成這種反效果。」溫德倫憤怒地再次輸入另一組程式代碼，把怪獸的基因再一次重新融合起來。這次怪物變得比剛才的更加可怕，不倫不類的四不像形態令人分辨不出，到底面前的是哪一種生物變化而成。

筋肉骨頭外露好像沒有皮膚覆蓋，腐爛的身體長出無數不同大小、可伸縮長短的利刃般的骨頭肢體。

「這到底是甚麼情形？」雖然身在遠處觀察戰局，但Samson和管家也被面前的景況嚇得不能動彈，身體也僵硬起來。

長在怪物身上的無數利刃觸手，不斷以雜亂無章的方式大肆破壞。頓時，四野受摧，不堪入目，甚至連工廠大廈也快要陷入崩塌的危險狀態。

怪物的狂亂攻擊把工廠大廈內的橫樑支柱和水管也弄斷破壞。混凝土崩落之時，其中一支金屬製的厚重水管擊中溫德倫，並把他壓在地上，使之身體不能動彈。

另一方面，歐世遷敏捷地避開了怪物的攻擊和崩塌物，心知身負傷勢，不宜糾纏，加上怪物已經陷入狂亂失控，戰局不能再拖，於是世遷心念把定，決心以一音救危亡。

護世使者龍泉在握，納大地之氣化成極音，無形無相，不可名狀，正是，接無可接的一音！

「一音縱橫！」耶魯斯把四字口訣道出。

極音之威，勢不可擋，暴走異獸斷裂分半，一瞬爆體。餘勁掃盪四周，厚重的混凝土牆也受極音影響而爆裂，怪物血塊化成黑霧，灰飛煙滅。

「終於結束了吧……」管家和Samson都鬆了一口氣。

終於，可怕的怒吼聲不再，淒楚的哀嚎聲也不再，溫德倫復仇之心被徹底擊潰。一切塵埃落定，戰鬥告一段落。

第十九章

暮光初現

【特別新聞報導】深夜時分，在香港新界區近邊境口岸的位置，一座廢棄工廠大廈突然受到不明的光線掃過，而發生大火崩壞倒塌。警方和消防接報後立即到達現場，據了解被通緝的疑犯溫德倫在事件中喪生，警方把事件作為工業意外導致倒塌及人命傷亡處理，並交由消防成立小組調查事件原因。

電視新聞台和網上即時新聞都播放著相關的報道內容，在網絡上的社交平台和討論區都對事件眾說紛紜，一切源於之前面具人公然向大眾宣佈要捕獲逃犯溫德倫。外界對於事件和面具人的猜測各有說法，這種事情已經不是第一次了，以前也有過類似的事情。

許思源一邊滑著手機，一邊向莉娜述說有關的新聞報導。

空虛的風吹著，這天的晚上天色特別昏暗，讓人感到一種難過又揪心的感覺。纖幼的手稍微抬起，掌心輕輕碰著面前的落地玻璃，清秀的眉毛微微皺起，充滿憂心的眼神眺望著遙遠的星空。

「為何這個晚上總是心緒不寧……」莉娜悶悶不樂地喃喃自語。

對方好像並沒有留心自己的說話，許思源走近莉娜的身旁，輕聲在耳邊再次喊著對方的名字。

被思源的聲音稍微喚回了自己的注意力，莉娜憂心忡忡的樣子從玻璃的鏡面映入思源的眼簾。

「怎麼了？有甚麼事情在困擾著你嗎？」思源雙手抱著莉娜的腰間，溫柔地問。

「你覺得，今晚的天色是不是特別昏暗？」莉娜的表情帶著苦澀。

「跟平日也差不多吧，現在都已經深夜了，天文台也沒有發佈任何惡劣天氣的消息，應該是你太累了，快休息吧！」思源微笑著回答。

「或許吧……」莉娜微微低下頭，悶聲沉吟著。

看到莉娜的表情，思源好像感受到甚麼似的，甚至開始懷疑當初遇到莉娜的時候是不是都與面具人有關係。

靜謐的四周把本來躁動的心情變得平靜，空虛的風吹著，讓碎散的混凝土掀起了飄揚的塵埃，頹垣敗瓦散落四處，周圍都是戰鬥過後的痕跡。

「少爺，你沒事就太好了！」

「做得好啊小伙子！」

管家和Samson從遠處埋伏的位置漸漸走近，出現在歐世遷的面前，與他會合。

忽然，「呀……嗚……」一陣痛苦的悲鳴聲從瓦礫堆中傳出來。

「麻煩替我先拿著！」世遷連忙讓管家提著龍泉笙，然後迅速地朝悲鳴聲跑去。

撥開瓦礫，一條粗壯的金屬水管壓在溫德倫的身上，全身衣服破爛、傷痕累累的溫德倫被壓在身上的崩塌物弄得不能動彈，只能發出微弱的哀嚎聲。

「我……就算要死……也不會向你求救！」溫德倫一邊痛苦地呻吟著，一邊用剩餘的力氣向世遷說。

當機立斷，二話不說，歐世遷凜然把自己身上的黑色長褸脫下，並展露出肌肉結實的雙臂，架好姿勢扎好下盤，用盡自己全身氣力把金屬水管抬起，然後使勁地把水管丟棄在一旁。

「誰要你這種人來拯救！」溫德倫突然起身發難，雙手用力推開世遷，並從衣服的口袋裏取出一把利刀瞄準對方的胸口猛然刺去。

突如其來，猝不及防！歐世遷被利刀劃破了胸前的皮膚，深紅色的鮮血從衣服裏滲透出來。

Samson見狀立刻上前制服住溫德倫，並奪去利刀，將其身體壓倒在地上。

「嘿！好歹我也是個前警務處處長啊！」Samson對自己還沒生疏的身手感到自豪。

「放開我呀！你們這群下等的人！」溫德倫趴在地上激動地罵斥眾人。

「放過他吧……」傷痕累累的世遷以微弱的聲線向Samson請求著。

面對眼前的仇人，溫德倫既怨恨也不忿。自己明明是個不世天才，但是永遠都在歐世遷的面前失敗，現在落魄得還要他來拯救自己的生命，甚至連刺殺滿身傷痕的他也不成功，溫德倫開始懷疑著自己的人生。

Samson鬆開手，溫德倫踉蹌地站立起來，後退了幾步仰天長嘯。

「呀！……」滾燙的淚水從眼眶內奔瀉下來，灼過自己那張沾滿了沙塵的雙頰。

「嗚……嗚……」從不向人低頭認輸、自命比天高的天才少年溫德倫，第一次感受到人生徹底的失敗，男兒之淚湧泉傾瀉，是不忿更是不甘，但結果卻是令自己最無可奈何的接受。

「殺了我吧！」溫德倫失去了生存意志，唾棄般說道。

「你倒是想得美啊！做了如此多壞事，我要把你再次送回監獄坐牢。」Samson跨步上前，憤怒地揪起溫德倫的衣服說。

忽然，一番說話按停了緊張的氣氛。

「自小生於黑幫世家，擁有無限資源，加上天生才華橫溢，我自十歲起便得到天上之神耶魯斯的力量。我本以為恃著這份力量可以單憑一己之力瓦解整個黑幫勢力，但是我錯了！我失去了我最愛的人……天才不過是個比任何平凡人都孤獨的稱呼而已。」歐世遷真誠地在眾人的面前坦白自己的秘密和心底話。

彷彿被對方的說話碰到了自己的內心深處，溫德倫的情緒開始緩和下來。他記起自己從前都是被別人妒忌和羨慕，從來沒有一個真摯朋友，因為自己站立於比任何人都高的頂峰，這就是屬於天才的孤獨。

「你走吧……趁現在警隊未來到的時候。」世遷打算放過溫德倫。

「怎可以啊！他是個極度危險的人物，放他走不就等於放虎歸山嗎？」Samson不明所以地慌張說道，視線朝著世遷和管家望去。

爭持不下的狀況裏，只見管家面露微笑，一臉歡欣的樣子欣賞著世遷的側臉。這一刻連沉默已久的管家也不禁開聲說道，請求Samson放走溫德倫。

「怎麼連你這個老伯都……唉……」Samson搖著頭嘆息。

「果然我沒有揀錯你。」耶魯斯也欣賞著世遷的寬大胸襟。

溫德倫對歐世遷原諒自己的行為感到十分憤怒，但這股怒火已經燃點不起自己那顆復仇的心，彷彿過去的怨恨已經再沒意義，現在剩下的就只有單純的氣憤而已。

恩怨情仇何時了，狼煙四起令人愁，冤冤相報成悲劇，天下事端永不休。

管家從泊在附近的汽車裏拿出了一具包紮著的假屍體，那是歐世遷一早吩咐管家安排好的事情。假屍體的身型與溫德倫相若，而且偽造的仿真度甚至連鑑證科也未必能夠判定真偽。燃燒起大火把假屍體焚燒著，偽造出溫德倫已經戰死的景象，彷彿一代天才的生命就在此地殞落。

大戰過後，塵埃落定，警隊總是在一切完結的時候才悠然到來收拾局面，警笛聲從遠處傳來。

「今天你放過我，將來你一定會後悔！」溫德倫怒視著歐世遷，並咬牙切齒地說道。但話語中並沒有參雜任何怨恨的感覺。拋下這句話之後，溫德倫轉身朝著另一個方向遠去，身影逐漸消失。

「這些警笛聲真是老套呢……我們也快離開吧！Samson，這裏就拜託你向警察說明狀況了。」世遷鬆了一口氣，以微弱的聲線請求Samson。

「你這傢伙……嗯……行了，我懂怎麼辦的。放心，相信我吧！」Samson沒好氣地回答。

管家攙扶著滿身傷痕的世遷回到車上，離開現場。留下來的Samson已經構思好整個故事內容，準備向警方說出一個救世的善意謊言。

「年輕人……就讓我也助你們一臂之力，成為大家背後的守護者吧！」

警笛聲逐漸接近，多部警車和特種部隊荷鎗實彈到達現場。不久，消防員也到場撲滅現場火勢，鑑證科在現場搜證。是次行動Samson其實一早已經與警方綢繆好，並承諾會把溫德倫緝捕歸案，鑑於Samson是前處長的關係，所有人都與他有著一種信任的關係。現任處長是他的前部下，所以二人一早達成協議。Samson能夠自由行動和佈局，並在一切完結後通知警方來逮捕溫德倫，這是高度機密，因此之前才跟管家撒謊說自己沒有安排退路。可是原本的計劃被世遷打破了，善良的守護者把溫德倫放走，雖然這不合乎一開始的計劃，但Samson是真心佩服著世遷的胸襟量度，亦相信就算將來發生甚麼事情，他也能夠再一次逮捕溫德倫。所以他決定追隨自己的直覺，相信「人之初，性本善」的道理，希望給予年輕人一個改過自新的機會。

因此Samson向警方說了一個守護大家的謊言，他說自己佈局引出溫德倫後，因為受到激烈的反抗，最後導致工業意外。而溫德倫亦不幸葬命於此，那具燒焦了的屍體就是證明。雖然面具人也曾經出現幫忙，但現在已經不知所蹤，溫德倫事件正式告一段落。

拖著傷勢朝著遠方不停跑去，腳步並沒有因為傷患而停下來。溫德倫心有不甘，氣有不忿，從頭到尾的徹底失敗是人生最大的挫折。但縱使如此，失去一切的天才少年彷彿對人生有了新一番的領悟。

晨曦徐徐地拉開了灰暗的雲霧，鳥兒的啼聲、樹葉的沙聲，喚起了大地的生機。微風掃過眉梢之間，順斜而下滑到髮絲令其飄逸。濕潤的空氣讓釋懷的溫德倫的身心彷彿在一個絢麗多彩的早晨，帶著重生的機會再次降臨人間。

第二十章 回首天才

面具人橫空現世之前，香港社會被黑幫勢力操控，為非作歹隨處可見，一切混亂不堪。但這種景象彷彿已經是很久以前的事了……

時間飛逝，轉眼又過了兩個月的時間。九月是香港所有學校的開學時分，每個上學的學生都已經升了一個年級，各自迎接不同的學習新挑戰。經過一個多月的時間休養，歐世遷的傷勢已經痊癒。自徹底擊敗溫德倫的復仇心後，社會又進入了一段安寧和平的日子。

這天世遷的心情特別好，因為今日是第二個學年開課的第一日，他打算去碰碰運氣，順路一看莉娜上課的情況，順便製造偶遇的機會。

「啦啦啦……啦啦啦……」一邊口裏愉悅地哼歌，一邊手舞足蹈地走路，一臉孩子氣的世遷抱著輕鬆的心情上學。

「你……在做甚麼？」江李突然從拐角的課室走出來。

本來以為平常閒清的學校五樓走廊沒有其他人，所以放飛自我，但世遷維持著難看的動作和樣子尷尬地停在江李面前。側頭一探發現原來已經有幾個同學在課室裏面，甚至連周老師都已經在課室內準備上課。世遷立刻恢復正常的走路姿態進入課室，然後用微笑代替尷尬來向各位同學和周老師打招呼。

「哈哈哈！嘻嘻嘻！」耶魯斯也不禁大笑起來。

「壞心腸啊！」世遷閉上雙眼在意識裏悶哼。

「很久都沒見過你如此開心。」耶魯斯語帶溫柔地說。

自溫德倫一事之後，世遷的臉容明顯變得比之前寬容，而且思想也比以前更加沉實穩重，雖然偶然也會有點孩子氣，但這也是屬於他的特別個性。耶魯斯認為世遷開始擁有一種特質，從他的身上耶魯斯看到屬於未來的光芒。

「也許……他將來會是……」耶魯斯在自己的內心想著。

快樂的日子總是過得特別快。某天，正當歐世遷打算鼓起勇氣約會莉娜的時候，上天突然讓他遭遇了一件晴天霹靂的事情。

許思源現身在香港藝術學校的校門前，接莉娜放學，而這個景象剛好被世遷看到。眼見自己的愛人被其他男人接走，世遷當然怒不可遏，於是立刻上前宣示自己是莉娜前男友的主權。

「喂！你是誰？為甚麼莉娜會跟著你走？」世遷挺起胸膛，微微抬起頭，視線向上望著那個比自己的個子更高的男人說道。

「莉娜，他是你的同學嗎？」思源用溫柔的語調向莉娜提問。

「對……」莉娜臉蛋泛紅，尷尬地支吾以對。

知道對方是莉娜的同學後，思源大方地伸出右手打算向世遷示好，遂說：「你好啊！我叫做許思源，是莉娜的男朋友，很高興認識你。」思源保持著親切的微笑。

「男朋友？」這三個字刺激起世遷的神經線。平時沉著冷靜的他，頓時也彷似失去了理智一樣，一臉不忿的樣子怒吼著說：「甚麼男朋友啊？神經病哦！」然後用力撥開對方的手，轉身便急步離去。

「你的同學真是古怪……不過藝術家就是有點脾氣呢！」思源一臉不解地望向莉娜說，同時也對世遷有著一種眼熟的感覺，好像曾經有過一面之緣。

看著怒氣衝衝的世遷轉身離去，身影逐漸消失在學校門前的道路，莉娜的內心好像被人用手大力揪著，那是一種無法名狀的心痛感覺。

回到家中的世遷一言不發，孩子般跳上沙發抱著咕臣，腦海裏不斷出現「男朋友」這三個字。

「哦……原來之前信件內的男朋友就是這個男人！一表人才，溫文爾雅，英俊不凡！」耶魯斯也在讚賞著許思源的外表。

聽到耶魯斯一番支持情敵的說話，世遷翻起白眼來，並一臉不客氣地向耶魯斯反擊回答：「祢少說話的時候，別人不會認為祢是個啞巴。我現在條件很差嗎？我也是氣宇軒昂啊！」

「哼！但是人家的個子比你高呢！再者，別人是一個很有禮貌和修養的美男子。」耶魯斯不忿世遷如此無禮，於是用事實反駁他。

兩位人神之間在耍嘴皮，互有火花。爭吵聲把本來正在做飯的管家也吸引過去，然後世遷用咕臣捂著自己的頭，躺在沙發裏像個孩子般跺腳發脾氣。

和平的日子再一次在吵鬧裏熱鬧起來，這是幸福的時光。

另一邊廂，在地下實驗室……

「這不是已經死去了的屍體嗎？怎麼還會大搖大擺地回來？」一副陽不陽、陰不陰的嘴臉揶揄著站在門前的男人，兩人是孫葵英和溫德倫。

「放屁的狗話！」溫德倫不屑孫葵英的態度，遂惡言相向。

突然一道聲音劃破二人的對話：「主人想見你。」嘴角有痣的男人瞧著溫德倫的方向淡然地說。

然後，溫德倫隨著他的腳步向密室的方向走去，那裏有多部透明般的螢幕，神秘的黑色畫面裏只有一把經過處理的聲音在說話。

「很高興能夠再聽到天才溫先生的聲音，請問現在的溫先生依然是那個溫先生嗎？」這番說話充滿著威勢壓迫的感覺。

「沒錯！」溫德倫沒有任何遲疑，肯定地回答。

「很好，那個研究就繼續由你負責，期待你的成果！」神秘聲音消失在螢幕裏。

嘴角有痣的男人暗地裏收起了提鎗的動作，一言不發地離開了密室，繼續自己的工作。溫德倫微微低下頭，眼眸裏藏著讓人猜不透的想法。

自從復仇失敗之後，過去一個多月來溫德倫並沒有回到地下實驗室。當日離開工廠大廈之後，他選擇回到自己過去成長的地方——孤兒院。在成為天才之前，溫德倫本來是一個孤兒，自出生以來就被父母拋棄，但憑著自己個人的本事在年紀輕輕的時候已經獲得大企業的青睞，而得到基金資助發展自己的天才事業。

「大家排好隊，一個一個隨著陳姑娘到操場遊戲。」一把聲音吸引著溫德倫，腳步也循著聲音的方向走近，最後緩緩地匿藏一角停下來。

一個臉容已有歲月感而又有滿腔熱誠的女人，帶領著一群小朋友到孤兒院的操場進行遊戲活動。

映入眼簾的景象瞬間刺激起溫德倫對往事的回憶，頓時，揪心哽咽的感覺使他的呼吸也感受到無力的痛楚……

「嘿……傳球過來啊！」一個小男孩站在最佳射球的位置揮手呼喊著。

但回應著他的只有眾多的無視。

「出界！」體育老師扮演著球證呼喊著。

多次站在最佳的位置是天才計算好最有利的進攻地方，但一次又一次的被無視使他失去了最佳的進攻優勢時機，而導致最後球賽慘敗給對手。

「又輸了……」剛參與球賽的小孩們在更衣室內互相抱怨著。

然而，一道聲音劃破了眾人的對話：「我已經計算過最好的投球位置，如果你們把球傳給我的話，我有絕對的把握能夠獲得勝利。」剛才被無視的小男孩冷靜地分析道。

一個身型瘦削但高個子的小孩從人群中走出來，並高居臨下且以輕蔑的眼神怒視著比自己矮小的小男孩，看起來這個人便是這群小孩當中的首領。

「你以為自己很聰明？」

「你不過是一個喜歡讀書的書蟲而已！」

「你手腳遲鈍，把球傳給你也是浪費！」

「你這種人就是讓人覺得討厭！」

所有人都一致地指罵著那天才小男孩，並認為他是一個異類。

「你們聽我說，我真的經過計算，如果站在這個位置投球的話，我們的勝利機率會達至95%以上。」小男孩並不理會眾人的指罵，繼續向所有人解釋著自己的精密計算。

「呀！」一道突如其來的力量，把小男孩推倒落地。

首領不講情理，毅然動粗，以暴力方式討厭著眼前的小男孩，然後率眾離開更衣室。

被推倒的小男孩因疼痛而不禁流下男兒淚，可是，哭叫聲只迴盪在更衣室裏，根本就沒有人在意和理會，淒涼的感覺只有無助感相伴著。

隔了數分鐘之後，一把溫柔的女人聲從更衣室的門口傳來：「德倫你在哪裏？陳姑娘來找你啊。」

受傷跌倒的小男孩彷彿終於等到最終的關懷，遂以哭叫來代替求救的吶喊聲，而哭聲逐漸加強。

「嗚嗚嗚……」

陳姑娘循著增強的哭鳴聲找尋到溫德倫的位置。她雙腳蹲下來扶起倒地的德倫。「哼，又是那幾個頑皮精靈，一會兒要好好懲罰他們。」陳姑娘生氣地念念有詞。

「我只想大家都獲得勝利！我計算過……」德倫解釋自己計算過角度和投球力度，並娓娓道來，以數學去解釋一切勝算方法。

這種天才是世間難有的，可是天才注定就是孤獨。陳姑娘雖然不太善於數學，但從德倫振振有詞的說話裏都知道這是一個基於數據分析得出來的客觀結果。可是天才往往就是會被人排斥，溫德倫正正就是當中典型的例子。

「陳姑娘知道你十分聰明，但是球賽是講求團體合作，單獨的聰明並不能夠大穫全勝，所以團體溝通也是十分重要，你要記住啊！」陳姑娘以溫柔的口吻說著，她希望溫德倫日後可以與其他小孩子相處得更融洽。

道理雖然如此，但現實卻是無奈。天才被人妒忌是永恆的事情，這是人心，更是天性。孤獨的溫德倫雖然沒有朋友，但至少也有個陳姑娘一路扶持，直至長大成人。

陳姑娘自知天才不能駕馭的道理，所以她因才施教，一直把溫德倫引導向正面方向發展，直至他離開孤兒院。可是自小經常被欺負的德倫一直把仇恨之心藏在深處，一旦觸摸到那開關，他便會失控。

本來懷著造福人的心去行走天才之路，但成長後的溫德倫卻認為並不是每個人都值得擁有幸福，所以才出現了音樂時空機的事件。縱使是實現夢想也只能是被挑選出來的人，經不起考驗的也不過是個沒質素的有機生物而已。這種想法一直植根在他的內心裏，直至……歐世遷的出現。

兒時的回憶讓溫德倫灑淚逃跑，抱膝屈腿躲在一間荒廢了的小村屋裏。他的腦海再次記起不同段階的人生歷程，同時歐世遷的容貌不斷浮現在眼前，縱使心知是幻影，但依然氣憤萬分。

「哈哈！哼！……哈哈！哼！……」是最無解的冷笑，更是對自己最嚴厲的自嘲。眼淚已經不懂如何停住，溫德倫質疑著自己過去的一切。

「這人生……不知所謂！被討厭的人救贖，被他一而再，再而三放過，這是對天才的傲視嗎？為何會存在這種事情？同樣貴為天才，但級別為何差距這麼大？我……我都很想與他一樣有這樣的同伴，有人景仰自己。為何只有歐世遷能做得到？為何……」

雖不忿，但敬佩。溫德倫彷彿一瞬明白了甚麼，甚至開始接受自己的失敗。自己最痛恨的人竟是解開了自己多年心結的人。他一次又一次地寬恕著自己，第一次是音樂時空機的時候，第二次是腐蝕液體事件的時候，第三次就是最後的復仇之戰。三次歐世遷都放過了自己，並沒有奪取自己的生命，即使是自己犯下彌天大錯。

「這是對我最大的輕蔑嗎？這是對我最大的輕蔑嗎？……」溫德倫站立起來使勁地揮拳捶向村屋內的牆壁。拳頭傳來的痛楚令怒火中燒的他意識到一件事情，就是自己必須在揮出這一拳之後接受這個現實。

他，悔恨地仰天長嘯……直至自己氣空力盡地倒在地上……

離幻交錯的記憶截然停住，此時此刻佇立在密室內的溫德倫抬起頭，果斷地徑步踏出門口，眼神彷彿散發著更強大的決心。

溫德倫與孫葵英四目交接，一瞬的眼神接觸挑起了孫葵英內心奸險的興奮，那是變態的險惡笑容，更是老奸巨猾最直接的直覺和反應。

「一齣好戲就是需要有演員和觀眾！」孫葵英陰險地凝視著溫德倫的身影沉吟著。

到底往後溫德倫會成為歐世遷的助力，還是阻力？

第二十一章　接觸

表面和平的日子依然讓人感覺不到任何的危機感，早前海上出現大量腐臭味的死亡魚類，這消息也好像突然在社會上銷聲匿跡，再沒有人談論起來。香港人總是善忘，兩三日就會有新議題，這種不尋常的大自然事情當然也敵不過明星的花邊新聞吧……現實就是如此荒謬。

因為莉娜的事情，世遷再一次跌落心情低谷的窘境。他不願面對莉娜已經有了新的男朋友這個事實，低落的情緒也影響了他對學業的態度。管家想著，當中是不是有甚麼誤會，或者因為幫府一事而導致二人關係破裂。世遷曾經向自己提及過關於莉娜失憶的事情，但一知半解的管家決定鼓起勇氣介入事件，順道探查清楚整件事的來龍去脈。畢竟自己也曾經照顧過藤原莉娜一段時間，加上自己又是老人家，應該比起世遷更容易查探到任何線索。

這天在沒有預先告知世遷自己會去藝術學校的管家，特別選在接近放學的時間去兜截莉娜。豈料，他偶遇卻是許思源。

乍看之下，一個風度翩翩、身型勻稱、個子高大的俊俏男生在學校的大堂裏閒逛著。這個男生手上並沒有提著任何樂器或者是相關的學術書籍，彷彿不像學校裏的學生。曾經聽過世遷口中的描述，加上管家的歲月和眼光，他很快便判斷出眼前的人應該就是許思源沒差吧。

「不好意思，請問你是許思源先生嗎？」管家上前冒昧地向眼前的男子確認身份。

「……對啊！老人家，我認識你嗎？」思源雖然感到錯愕突然，但依然有禮貌地回應管家的問題，而且說話的口吻也散發著溫文爾雅的氣息。

「不，我們從沒有見過面。其實我正在找尋莉娜小姐。」管家摒棄諱莫如深，單刀直入。

「……你認識我的女朋友嗎？她差不多也下課了。」思源明顯對管家的回答感到一頭霧水，因為眼前的人從來未見過，也沒有聽過莉娜認識一個老人家。但聽對方以小姐來稱呼莉娜，感覺又不像學校老師會對學生的稱呼，因此思源可以肯定面前的老人家一定不會是莉娜的老師，並對對方起了戒心。

「確認你是許先生，我就不浪費時間了。恕我直言，我是歐氏的管家，也就是曾經在你面前出現過的男孩——歐世遷的管家。你可以把我當作是他現在的家人或長輩。請問你知道有關莉娜小姐以前的事嗎？」管家直言直說。

聽到這一番說話後，許思源明顯感覺到氣氛突然變得有點沉重，而且渾身不自在。他意識到面前的人必定與莉娜過去有著密切的關係，但至於是哪種程度的關係，思源希望透過之後的對話去量度。

「對不起，你這番說話的確令我感到有點驚訝，但我完全不認識你，所以恕我暫時不能夠再回答你的任何問題。但我希望你能夠主動向我解釋更多！」思源一副保護女朋友的樣子，收起那溫文爾雅的樣子，以一本正經的論調回應著管家的說話。

眼神交接瞬間，管家明白到面前的男子非愚昧之輩，他是一個成熟穩重且風度翩翩的人，因此客套說話亦可以省下。管家眨了幾下眼睛，咽了一口口水，彷彿準備要一口氣說出令人震驚的連篇話語。

「實不相瞞，藤原莉娜是我家少爺以前的女朋友，但一年多之前失蹤了，現在正在這間學校讀書的她，就是莉娜小姐本人。可是，令我們最摸不著頭腦的是，重遇之後莉娜小姐竟然已經忘記了我們的存在。這一點令我家少爺非常傷心，在一年多之前，因為失去了她的緣故，我家少爺的情緒接近崩潰的狀態，然後好不容易才可以從迷失方向過回正常的人生。我今天來找莉娜小姐的原因就是想了解過去一年多裏，到底發生過甚麼事情。我明白，作為一個局外人，介入別人的感情事是有多不應該，但看見少爺因為莉娜小姐的事情而意志消沉，我很痛心，因為他並不是個普通人。」管家一口氣振振有詞地坦言著。

許思源對管家的說話感到十分震驚，但並不意外。因為他打從心底裏壓根清楚當初是如何遇上莉娜，管家和世遷的出現只是逼自己提早面對事實。

「對……對不起，我想你認錯人了，莉娜是我的女朋友，我從未聽過她談及過你所說的事情。」思源一下子被攪亂了思緒，所以慌張地搪塞過去。

管家看著眼前失措的許思源亦理解對方的反應，因此也沒有進一步地提問。片刻寂靜的尷尬氣氛突然被莉娜的聲音劃破。

「思源，要你久等了！剛才老師晚了下課。」莉娜溫柔且嬌俏地說。

二人的視線同時落在莉娜的身上，管家雖然相隔多時沒見過她，但對莉娜的印象依然未退半分。他留意著對方的一言一語，舉手投足間都是百分之百的藤原莉娜，但感覺就好像是只有個相同的驅殼而已。這是有年歲閱歷的人所判斷出來的結果。

「咦……這位老人家是你的朋友嗎？」莉娜不好意思地問思源，並對管家毫無印象。

思源支吾以對，幸好管家懂世故，因此他把預先準備好的咭紙交給思源。「這是我的聯絡方法，有甚麼需要便請你直接找我吧！」然後管家向二人微微彎腰，頷首道別後，便轉身信步離開。

接著手中的咭紙，思源不知如何是好。

另一方面，Samson就怪物事件希望能夠找到更多線索，並揪出幕後之人。於是他繼續明查暗訪，直至循著線索追尋到孫葵英的身上。這天Samson在一所烏煙瘴氣的酒吧內，氣定神閒地安坐在吧檯前，面前有在調酒的敬業酒保，四周更有不少沐浴在酒精裏、放飛自我的人。

淺嚐一口雞尾酒，Samson彷彿在等待著某人的出現。突然他背後傳來一種令人熟悉的感覺。

「退休生活最重要是能夠安享晚年！」孫葵英從Samson的背後走到他的旁邊，坐下來。

二人視線對上，各自散發出老大的氣場，雖然是過氣人物，但威勢猶然。

「失去地盤也差不多等於退休，彼此彼此吧！我有朋友陪伴所以不會苦悶，但想當年香港社團三傑只剩下你，未免寂寞吧？」Samson不甘示弱。

「科技年代，多用腦子才不會有阿茲海默症啊！反正有事情打發時間，我的人生不知有多滿意。」孫葵英以柔制剛，陰陽的嘴臉和口吻使人憤怒。

「哼……想不到你這個娘娘腔也懂一點知識。」Samson以嘲諷的態度回應。

「慳啲啦，死肥佬！」孫葵英淡然且不屑，語帶侮辱地回敬一句。

之後二人各自淺嚐了一口酒。

「一年前幫府的事情……你是怎樣逃生的？」Samson單刀直入，直接問道。

彷彿早已預算到對方的說話，孫葵英充滿自信地回答：「那臭小子以為自己很懂得隱藏，但其實早在那個日本名字的女孩出現時，我就察覺到甚麼不對勁了。當時搞甚麼音樂會，又大力投資甚麼虛擬貨幣，甚至歐氏自資建幫府大樓……這一切不過是一開始失敗了的殺戮計劃，然後逐步調整得更精準來削弱社團力量，再一舉瓦解我們的勢力而已，我應該一字不差吧！」

心如止水、洞悉全局的孫葵英向Samson說明了自己看穿歐世遷的佈局行動。

一陣掌聲從Samson手上傳出，他表揚著對方的睿智。可是下一秒他便搖著頭說：「方向大致正確，但有件事情你說錯了，那小子是不會以殺戮的方式去阻止罪行，除非……對方不是人類！」Samson語帶諷刺並試探著對方。

可是，老練的孫葵英又怎會聽不出弦外之音，他氣定神閒地以陰險的嘴臉回答：「無謂的試探可以省下！的確，這已經不是我們的時代，刀光劍影的廝殺已經過時。科技已經把我們人類帶領到另一個進化層次。不過，科技再高明也不過是人類設計出來的衍生物，所以呢……」

Samson對孫葵英的說話嗤之以鼻，因為那是最明顯的提示，也是被人將了一軍的棋步。他深知對方知道內情，但對方一定不會透露線索，而且還有一種坐收漁人之利、他人對之又無可奈何的感覺。Samson憤怒得把酒杯揑碎。

「控制情緒是辦大事的基本條件，你我都是管理者出身，你應該有這種能力。看你特意前來，那就讓我贈你一個人情吧。」

Samson凝神以待。

「歐世鷹引以為傲的東西！」

「歐世鷹引以為傲的東西？……」Samson重複著孫葵英的說話，唸唸有詞。

「今日一聚才發現原來大家都老了，就讓我們一起見證新世界的到來吧！」孫葵英以自嘲又狂妄的口吻說。

Samson怒不可遏，打算轉身離開酒吧。

「啊……你認為今日是你找到我？還是我讓你找到呢，前處長？」孫葵英彷似用愚弄的口吻嘲笑著Samson。

背著孫葵英的Samson深呼吸了一口氣，然後停住了本來的怒氣，用平和的口吻回敬一句：「陽不陽、陰不陰的嘴臉果然是戲子無情！他……一定很欣慰！」

「如此一來，我也想印證一下正義之士是否同樣天道無親！」孫葵英抖弄雙眉，不遑多讓，勉強地抑壓著自己的怒火回答。

二人各自懷著不同的心情結束了久違的重逢。看著Samson的背影遠去，孫葵英內心百般滋味，被對方燃起了藏在內心最深處的怒火，這是令他無辦法的事情，結果真就如對方所願地發怒了。不論自己是否情願，但憤怒和痛苦都從自己的內心深處湧了出來。Samson那番說話勾起了孫葵英畢生最不願意記起的事情。

到底「他」是指哪一個人？

第二十二章　梟雄之路

四十年前……

「林浩基……你一定會成功上位的，放心。我會好好輔助你，讓你無後顧之憂。」孫葵英深情地欣賞著身旁的戀人說。

山上清幽的景色，使二人的心靈覺得恬靜。從背影看得出二人是兩位男性青年，左魁梧，右纖瘦。雖是同性，但彼此了解更是相愛。身型強健且外表精悍的林浩基是一名打手，是黑幫的小頭目。而較瘦弱的孫葵英打扮較中性化，舉手投足之間卻散發出如女性的氣息。

孫葵英如嬌柔的女生依偎在旁邊林浩基的寬橫肩膀。浩基輕輕提起對方的髮絲，以哄撫的動作托起孫葵英的下顎。二人眼神交接的瞬間，彷彿激起了各自內心的慾火，他們準備交吻。林浩基用嘴唇接觸孫葵英的頸部，孫葵英的身體恍如觸電般抖震了一下。像確認肌膚的觸感般，林浩基將嘴唇從頸部移動到耳朵，再從耳朵移動到臉頰。最後，不知從誰開始，兩人的嘴唇重疊了起來。

就在此時，一陣電話聲音傳來，打斷了二人浪漫的激情時刻。

「喂，大佬！有人來搶我們的地盤啊！」電話的另一方說。

「他媽的……我現在立即過去，等我！」林浩基憤怒地把電話掛線。

「怎麼了？是甚麼事情？」孫葵英雙目帶著憂心的神色問。

「沒甚麼，尖東那個地方又有其他社團的人來搶生意。」浩基憤怒得握緊拳頭，手也抖顫起來。

「我和你一起去吧。」孫葵英立刻動身，想與浩基一起。

浩基立刻用手攔下眼前的孫葵英，並把他抱緊在自己的懷裏，用手指在孫葵英的嘴巴上輕彈，示意他不用擔心了。兩人深情地對望，早已了解彼此的性格，又豈不會清楚對方的想法。

為了不讓戀人受傷，林浩基決定獨自前往會合黑幫社團的兄弟，並以暴制暴。他轟響著引擎，駕駛著日本品牌的跑車絕塵而去，趕赴現場。

「殺呀！」

刀光劍影的街道上，血肉模糊，屍橫遍野。有被斬成滿身傷痕的屍體躺在地上，也有被刀斬斷的殘肢散落四周，雨水摻雜了鐵銹的血腥味，這個景象牽起了浩基的不安。然而這份不安有了確切的感知，下一秒浩基已被斬斷雙臂。這就是黑幫社團橫行的時代，也是香港陷入無法無天的混沌時期。

被雨水沾濕的衣服，加重了前行的負擔。孫葵英放不下愛人，急急而奔，到處尋找著浩基的身影。他心裏一直向天祈求對方能夠平安無事，可是天意總是要玩弄著人……

被斬斷了雙手，滿身傷痕且奄奄一息的男人倒臥在滿佈了血水的街道上。天空灑落的雨水混合了傷者的血液，地上剎時變成了駭人的血池。

「浩基……怎會……」終於找到另一半的身影，這刻孫葵英崩潰了。他雙腳跪地，眼淚因眼前景況奔瀉而流。

「你……要好……好活下去……」大量出血的男人，在意識散去的一刻道出了最後的遺言，是對戀人最後的祝福，也是最後的叮囑。同性的愛，被無情的刀劍斬得粉碎破裂，縱使旁人眾多的不認同，但他們卻是彼此深愛著對方。

「我會達成你的願望，我會好好活下去！你……累了，躺在我身邊休息吧……」孫葵英的眼淚不間斷地奔瀉淌下，聲嘶力竭的哀叫聲在血池中回盪著。直至不知甚麼時候，雨停了，淚也乾了，血腥的味道早已麻痺了自己的神經，再也感受不到痛苦和疲累是甚麼感覺，他抱著愛人浩基的屍體仰天立誓。在不知不覺間，孫葵英內心的黑暗已經膨脹至無法挽回的程度。

於是，肩負起另一半的剛強，揉合了自己的陰柔。聲帶因聲撕力竭的哀叫聲受創傷，而變得古怪。陽不陽、陰不陰的嘴臉成了孫葵英的象徵，他憑著勇氣和智慧，收納了浩基原來的手下，掃盪地區勢力，最終建立了葵英社，與其餘兩大黑幫社團並肩，成為了香港三大梟雄之一。

二零三五年十二月，歐世遷收到母親姚彩妍的通信，她將會在聖誕節從英國短暫回來香港數日，世遷和管家也為此而感到歡欣。

「很久沒見過太太了……」管家十指合實，感動地看著世遷說道。

「嗯……我們要為媽媽舉辦一個歡迎盛宴！」世遷高興得手舞足蹈，並與管家討論著屆時要準備的事情。

時光飛逝，轉眼便是姚彩妍歸來之日。這天管家開車載著世遷到機場迎接昔日魂鷹社頭目的內子，也就是世遷的母親。

姚彩妍過去十年來都在英國生活，在當地建立了不少勢力，擁有雄厚的財富和良好的人脈是她強大實力的根據。隨行伴著十多個保鏢，她滿身貴氣且散發著一種強者氣息。

「沒錯！她一定是太太了！」管家用力揮手，示意自己位置。

看見老人和青年，姚彩妍不敢相信自己的兒子已經是個二十一歲的青年，初熟的味道雖然仍保留著公子的氣息，但凜然的感覺絕對是有歐世鷹的遺傳。

「媽媽……」壓抑已久的孺慕之情令世遷不禁流下了男兒淚。

母子相聚是幸福，共享天倫之樂也是每個人都盼望著的事情，但英雄從來都是孤單，所以這次相聚對歐世遷而言更是奢侈。

三人到達一早安排的餐廳進餐，歐世遷把自己最近上學的事情告知姚彩妍，但卻隱藏了面具人的身份和事情。當然，管家也對世遷有神奇力量的事絕口不提，二人合作無間，沒有露出任何破綻，飯局都是以閒聊日常生活話題為主。

「現在還是那個藤原莉娜嗎？」姚彩妍關心著兒子的幸福。

「……」世遷兩頰泛紅，支吾以對。

如果讓媽媽知道莉娜失去了對自己的記憶，然後現在又跑出個許思源，媽媽可能會幸災樂禍，因為她一直以來對莉娜的印象也不太好。世遷在自己的心裏喃喃自語，決意不讓姚彩妍知道。

「啊……我最近創作了一首新的笙曲，媽媽有沒有興趣欣賞？我錄製了一首試聽版。」世遷嘗試以其他的話題搪塞過去。

「你這個小子也挺不老實啊，嘻嘻！」耶魯斯取笑著世遷。

世遷雙眼上揚翻白，沒理會耶魯斯。

「是甚麼曲，快播給我聽聽！」姚彩妍期待著兒子的新作品。

「在我的手機有收藏，讓我來開啟吧！太太，你知道嗎？少爺經常也讓我做第一個試聽的聽眾啊！」管家急不及待地滑著自己的手機，準備播放音樂。

「有你看顧著我的兒子，我就很放心了。感謝你多年來為我們歐氏家族的付出！」姚彩妍衷心地向管家致謝。

二人多年主僕的關係有著無限的信任，從姚彩妍的眼眸裏，管家看得出對方是衷心向自己道謝，如今太太的位置甚至比以前更尊貴，管家打從心底裏佩服著面前的女強人，能夠服務歐氏家族是他一生中最大的榮幸。

手機播放著新創之笙曲《Maxthon Life》，顧名思義就是要翺翔人生的意思。曲風節奏輕快，旋律簡潔而優美。五聲音階的上下滑行以十六分音符作時值，令音韻緊密且結實，加上雙吐技巧把笙奏之音化成粒狀感覺。花舌配合傳統笙獨有的技巧——歷音，混合出來即是眾吹管樂中的亮點，因為這只有吹吸都能發聲的笙能做得到。樂曲盡顯笙簧味道，是承傳，更是創新。世遷嚮往自在的生活，不受拘束的創作方式才使傳統的笙有了突破性的發展，世上也只有他——歐世遷才能辨得到。

欣賞過兒子創作的新曲，姚彩妍為兒子的成長感到驕傲。「記得上一次聽到笙曲，已經是很多年前的事。相比之下，現在你的技巧比當年精湛了很多！」姚彩妍雖不諳音律，但甚麼為好的聲音，她也是能分辨的。聽過世遷的奏法，她感受到在音韻之間多添了一份感情，這是需要經過時間的洗禮和磨練的人才能奏出的一份味道。

經歷了人生的種種，現在的歐世遷已經是個青年人，雖然偶然還保留著一些稚氣，但這是他特有的性格。

歡欣且輕快的樂曲伴隨著久違的聚餐，過後三人又要再一次分開了。姚彩妍展露出屬於母親的微笑，並向兒子解釋自己今次回來香港除了探望他們二人之外，更重要的是處理另一宗事情。

歐世遷和管家嘗試探聽是有關於何事，但口密的姚彩妍卻只是說有關生意問題。

三人分道揚鑣後，世遷和管家也展露出久違的笑容。「很久也沒有見過太太，今天一會，她又上了人生的一個新層次。」管家一邊開著車，一邊感慨地說。

「媽媽以前很厲害的嗎？」世遷彷若個無知小孩般問道。

「你媽媽啊……能力遠超你所想！將來待你再長大一點，你就會了解她有多優秀。」管家看向倒後鏡回答。

歐世遷把視線望向車窗外的風景，嘆了一口很深的氣。

管家聽見後只是望向前方微笑，他相信當人到達某個高度，便會明白人生中很多的意義。幾十年前的自己是，將來的少爺都會是。

汽車在公路上朝著夕陽奔馳而去，美好的一天隨著夕陽西沉而落幕。

第二十三章 真情邀請

數日行程完結，姚彩妍秘密地乘坐自己的私人飛機回到英國，她向世遷和管家簡單交代幾句後，便急急離開。簡直就像個典型的成功人士，每分每秒都在為事業打拼。

「媽媽總是喜歡匆匆忙忙，過一下休閒的生活不好嗎？反正她的錢多得十輩子也花不完……」世遷嘟著嘴巴，悶哼說道，彷若一個孩子在抱怨媽媽不能經常陪伴在自己的身邊。

「少爺，你媽媽是個大人物，忙碌是正常不過。」管家向世遷解釋。

「唉……看來我又要自己孤單一個人了！」世遷側頭望向桌上的一堆功課，抱怨著說。

「快完成功課吧！做完我陪你出去逛逛散心。」管家罕有地提出陪伴世遷外出。

咻咻！嗖嗖！揮筆自如的轉眼間，世遷已經完成了周老師給的粵劇曲牌理論功課，他舉起雙手，拗響著手指關節，身體向後微傾，腰部彎起有如一條拱橋。「呵……」伸了懶腰，搖搖頭，揉揉眼，世遷打了個欠呵。

「終於完成功課了嗎？來，我們出去逛逛。」管家興奮地捉住世遷的手臂，然後二人快步出門。

今日管家決定不開車，打算帶世遷乘坐公共交通工具。聖誕節過後，除夕將到。

「二零三六年快到了，我們要不要在家裏慶祝？」管家興致勃勃地問。

世遷一副納悶的表情，對慶祝活動提不起勁。

看到世遷的表情，管家眼泛淚光。因為他心裏絕對明白世遷的感受，原本好好的一對情侶現在卻搞成這般情況，或許是上天對他們感情的考驗，又或者……這就是歐世遷本來要面對的命運吧！但管家實在對這種殘酷的事情看不過眼，因此他之前決定私下與許思源會面。經過上次在藝術學校的接觸，管家可以肯定許思源是一位人品優秀的男子，所以他並不擔心莉娜的處境。反觀許思源，他早在一星期前按照管家留下的聯絡方法，突然主動聯絡管家。

一星期前，就在姚彩妍回到香港的較早時間，管家的電話震動傳來了一條信息：「你好，我是許思源。請問閣下有空可以出來見面嗎？地點稍後告知，謝謝！」

收到來自許思源的主動聯絡，管家就知道事情還沒到盡頭，一切還有轉機。

管家準時到達約會地點，那是一間充滿文青氣息的咖啡店。店內角落的一張卡位上，有一個文質彬彬的青年，坐姿端正，淺嚐著一口拉花咖啡，彷似在等候著誰人一樣。

「你好，許先生。」管家筆直地走到店內的角落，向面前的人打招呼。

「你好，請坐吧！」坐著等候的正是許思源。

眼前之人的雙眼炯炯有神，彷似對某件事情下定了決心一樣，管家相信接下來的對話應該是有一定的份量。

「你要喝甚麼嗎？」許思源有禮地雙手捧著菜單遞給管家。

管家右手輕輕抬起示意不用，然後直言不諱向思源提問：「今日你約我出來是想告訴我莉娜小姐的事嗎？」

思源的眼神驟變銳利，彷若下定決心般說：「我決定要與莉娜分開，退出這段關係！」

管家被思源堅定的眼神所壓倒，同時也被他的說話所震驚。這番說話超出了管家的預料，他本來猜測許思源會向自己述說遇上莉娜的經過，同時會詢問更多有關世遷的事情，之後再用自己與少爺比較。可是對方直接了當的說話，超出了管家本來的預估。

「這……」管家驚愕地支吾以對。

「從過去一年多與莉娜相處的日子裏，我一直有種奇怪的感覺，而這種感覺一直纏繞著我揮之不去。儘管我伴在她的身旁，但我感覺到這並不是完全的她，莉娜雖然承認我是他的男朋友，不過在很多微小的事情上她會對我有著不期然的一種抗拒。所以我知道在她的心裏應該一直都存在著一個人，直到早前你在我的面前出現，我才願意面對現實。我並不是屬於她的男人，我只是個乘人之危的第三者，我有愧於她，亦有愧於你家的少爺……」思源一邊訴說，一邊哽咽。

「愛情其實沒有錯對，也沒有先後之分，更不能用理性去分析，我只能夠說你對莉娜小姐的愛並及不上少爺。他從沒有想過要放棄莉娜小姐，甚至當他知道對方失去了對自己的記憶時，少爺依然選擇繼續當一個背後的守護者，保持距離地愛護著他自己心愛的人。這份熱誠直到今天，哪怕知道了你的存在，他亦沒有減退半分，可想而知我家少爺有多愛莉娜小姐。可能在別人看來會覺得他這是孩子氣，整天只顧及追求女孩子，但是他比世上任何一個年輕人都更努力地生活，甚至比所有的人付出更多，這也是為何我這個老人家一直願意追隨少爺的原因！」管家把自己多年來對世遷的看法清楚地向思源述說，也罕有地感性起來，語帶哽咽。

二人互相尊重著對方的坦白，因此惺惺相惜。許思源向管家承諾自己會向莉娜先提出分手，並不再在此關係上糾纏。管家也強調如果他們二人是真心相愛的話，是不用把事情搞到這一步的，因為愛情從沒分對錯。但是思源的決心彷似任誰也阻擋不住，他心意已決。

在乘坐公共交通的車程中，管家一直在思考到底要如何向世遷說話，因為實在太傷感了。他想為思源的事情保密，因為他了解世遷的性格，如果讓少爺知道對方刻意在這段關係中退出，而自己卻乘人之危得到莉娜，這並不是一個王者的作風，因為王者需要的是一個能相愛和互相扶持的伴侶，得到人卻得不到心是沒有意思的感情。管家在路途上邊走邊想，終於他想出了一個方法。

「你帶我來這裏做甚麼？又不是要看表演……」世遷嘟著嘴，像個孩子般唾棄著。

面前的建築物正是屹立超過大半個世紀的香港大會堂，以古蹟角度來看，大會堂是非常年輕的後輩。建築物分成高低座，低座向海，高座望中區鬧市，優雅的中央庭園散發著文化的氣息。除此之外，香港的婚姻註冊處也位於大會堂的位置內，因此不少即將步入人生另一個階段的新人，都會穿著各式各樣華麗的禮服和婚紗在此拍照留念。這個地方的每一個位置和角落都充斥著幸福和未來的感覺。

呼吸著清新的空氣，漫步在每一格都充滿文化氣息的階磚上，歐世遷記起自己第一次相遇莉娜的時候，也是在這個地方，而且當時自己是以面具人的身份與對方相遇，凝視著面前的環境，兩年前的事情歷歷在目……

戰慄的感覺走遍了自己的全身，一陣具備殺氣的古箏聲掠耳而過，整個演奏廳都充溢著血腥的味道。體型纖瘦，穿著黑色披肩，頭上戴著英式的黑色圓帽，臉上被優雅的花紋面具遮蓋著的神秘人就是藤原莉娜。

笙鳴琴嘯的力量碰撞出了震耳欲聾的巨響，音起音落之間所產生的衝擊氣流把倒在地上的屍體托浮於半空中，最後二人在神的介入下停止，也就此開始了二人相愛的故事。

一切的回憶令世遷感慨萬分，而當時同在現場的管家也清楚當年事情，所以管家決定要在這裏協助世遷再次認識莉娜。

「少爺，你看！前面有一張海報，兩個月後在這裏有一場中樂演奏會，不如你嘗試約會莉娜小姐好嗎？」管家以誘導式的口吻向世遷說。

「不過她已經……」世遷嘟著嘴巴，一臉為難，吞吞吐吐。

「哈哈哈！年輕人嘗試一下也沒差吧！反正她都失去了對你的記憶，就用平常心來結識一個異性朋友吧！」笑著對方可愛的表情，管家加強理據，希望能令世遷鼓起勇氣，再次循序漸進地去追求對方。

「我約會她，她真的會來嗎？」世遷抱著疑問的態度望向管家說。

「嘗試，你有一半機會。不嘗試，你成功的機會是零。」管家肯定地回答。

「嗯，那好吧！」世遷用力地頷首，於是他昂首闊步走到大會堂的售票處，買了兩張學生價的入場票，打算約會莉娜一起去。

「嘻嘻，想不到原來做學生也挺不錯啊！可以有學生優惠。」世遷彷彿在這個時候又恢復了動力和目標，整個人都生龍活虎起來。他既緊張又期待，遂興奮地捉著管家的手說：「音樂會入場票已經買了，下一步應該怎樣做好呢？」

看見再一次充滿了英氣的少爺，管家的心情立即開懷，一來慶幸許思源是一個既理性又有風度的男子，二來感動世遷對莉娜仍抱著一腔熱誠，這就是屬於青春的必經階段。面前的孩子已經身負了守護世界的重任，他也是魂鷹社頭目之子，面對一次又一次的危機，這個孩子的身心已經傷痕累累，管家衷心希望上天能夠眷顧一次這個善良的孩子，給他值得擁有的幸福。

寄居在歐世遷內心的耶魯斯凝視著管家的表情，作為天上之神又怎會猜不透人的心意，祂明白管家的用意和引導，所以決定在背後靜觀其變，也希望世遷這個小伙子能夠再一次找回屬於自己的未來。

第二十四章 音樂會情緣（上）

二零三六年一月，下學年開始了。在管家的介紹下，歐世遷買了一張卡通圖案邀請咭，那是傳統的邀請方法，雖然在這個年代裏已經很少，沒有人會再用這種咭去邀請人，但是管家教的是用「真誠」去感動人，所以邀請咭必須親手用筆來書寫。

給莉娜：

我買了一場音樂會的門票，想約會你二月二十七日晚上六時半，在香港大會堂的地面大堂等，希望你會有空出席，期待與你見面。

世遷

「這就是人間的情書嗎？」耶魯斯好奇一問。

「這是邀請咭，不是情書。」世遷洋洋自得。

耶魯斯搖搖頭，一副不明所以的樣子。

「寫好了嗎？」管家從廚房走過來世遷的身旁問。把手一看，點頭認同自己的教導有方。

「但是……」管家吞吞吐吐。

「怎麼樣？」連耶魯斯都緊張起來。

世遷尷尬地凝視著管家的表情，期待著他下一句讚賞的說話。

「字……有點醜吧……」管家尷尬地說。

一手搶回邀請咕，世遷嘛著嘴巴像個孩子般淘氣地說：「你別管！這是心意啊！是心意！我又不是去參加書法比賽……」

「嘻嘻嘻！哈哈哈！」管家和耶魯斯都因為世遷尷尬的表情而開懷大笑。

細小的單位裏藏著溫馨的笑聲。而在窗外的遠處拐角，有一道黑影在偷窺著他們的情況……

耶魯斯忽然有一種感應。

在音樂會前的某個星期六早上，歐世遷刻意揀選在不用上課的日子回到學校，他把門票夾在邀請咕內，再用精美的信封裝好，然後偷偷摸摸地投入莉娜的儲物櫃，那是多麼傳統又青春的甜蜜書信約會方式。

「希望她會來吧！嘻嘻嘻！」世遷偷笑著喃喃自語。

「平日的你不是對自己很有自信嗎？放心，我覺得她會來的，對吧？」耶魯斯一邊回頭看向學校走廊的拐角暗處，一邊向世遷說道，彷彿在一心二用，留意著甚麼似的。

另一方面，地下實驗室開始了第三階段的研究，並且在短短兩個月左右的時間裏得到了飛躍性的發展，全因為一支新藥劑「Tobier」。這種藥劑以霧氣形式被注入後，會產生一種以寄生方式寄居在宿主體內的微生物。微生物在適應後，能夠以外在方式操控宿主的思想和隨意改變宿主的基因，成為適應當時環境的生存形態，就算是春夏秋冬不同的季節甚至氣候也能任意調節。可是不足之處是這種被寄宿的生物必須在成長期的階段把毒素傳給另一個有機生物，以釋放出過量的毒素，維持自身安全成長。因此宿主要不斷尋找獵物，直至成為完全體。

「Tobier」結合了溫德倫之前所收集數據的最終研究結果，是由神秘的幕後組織所提供的改良方程式制作而成。

「這……將會是顛覆世界的事情！」溫德倫隔著厚重的特製玻璃，淡然地凝視著面前兩隻人形的異物實驗品，牠們分別被囚禁在兩個能模擬不同環境的巨型金屬箱裏，而牠們的形態也能隨環境的改變而作出相應的變化。

邪惡氣息充斥著整個實驗室，為此工作的人到底是抱著甚麼心態看待世界？

在藝術學校的走廊，「咔！」打開儲物櫃的第一眼見到歐世遷的邀請咭的並不是莉娜，而是她的宿舍室友黃依楠，因為她們倆共用一個儲物櫃。

「喂！有封信件是給你的喲！」依楠懷著無好意的笑容，把信件交給身後的莉娜。

接過信件的莉娜雙頰泛紅，心臟突然噗通噗通地跳動，她把信件快速地放入手袋，擔心被別人看到。

「怎麼了？你不拆開看看嗎？」依楠很想知道是誰給莉娜這封信件。

「這個先不談……課堂都快要開始了，別讓許老師等……走吧……」莉娜尷尬地搪塞過去，然後急步朝著課室方向走去。

時間終於到了二月二十七日，這天早上歐世遷的心情非常忐忑，他在猜想莉娜到底會否應約，他此時此刻的心情就彷若熱鍋上的螞蟻。

青春期對戀愛的期待是正常不過的，非常緊張的世遷不斷重複問管家同樣的問題：「你覺得她會來嗎？」

對於這個問題，管家不厭其煩地重複回答：「我覺得會啊，放心啦！」

歐世遷一改以前奢華的穿著配搭，捨棄名貴的西裝，穿上普通的灰色短袖，下身搭配卡其色的長褲，啡色的休閒皮鞋。他梳好自己的頭髮，以既端莊又簡樸休閒的形象出席今晚的音樂會。音樂會即將在中環的香港大會堂舉行，歐世遷決定乘搭交通工具到達現場，因為如果莉娜應約的話，他希望在完場的時候能夠與她一起共度二人的漫步時光。

憧憬著一會兒的美好畫面，走過大會堂門前的每塊文化階磚和梯級，世遷的心跳越發加速。大概……這就是戀愛的感覺吧！

演奏廳門外的人熙來攘往，大多數都是修讀音樂的年輕人和一些支持表演者的親朋好友。在茫茫人海之中，世遷不斷拿出手機查看時間。時間一分一秒地滴答過去，緊張的感覺隨即添上了憂慮二字。下午六時半準時到達的世遷，在演奏廳的門外等候超過了半個小時，也一直看不到莉娜的蹤影。

音樂會即將開始，人群從團聚變成有序排列地進場，漸散的人影使空間越發寬闊，場內的空氣也開始清涼起來。

「唉……結果依然是……」世遷雙眉皺起，說出自暴自棄的話來。沮喪和消沉的感覺令他本來掛在臉上的期待和微笑都消失得無影無蹤，心情由焦急萬分到漫無目的地踱步到演奏廳門前。他沒精打彩地把手上預先購買好的門票交給門前的服務員檢查。按照指示前往自己的位置，失落的他拖帶著沉重的腳步向前走。

就在此時，一種有如觸電的感覺流遍全身，世遷停住了自己的腳步，兩眼睜圓，雙腿也突然麻痺起來。在自己的位置旁邊，竟然安坐著一個期待已久的身影，留著一把垂腰的烏黑長髮，纖瘦且美好的身段穿著深藍色細波點紋的恤衫，下身配搭高腰窄腳牛仔褲。沒錯了！她就是藤原莉娜。

朝思暮想且久違的人終於出現在自己的面前，曾經刻骨銘心的經歷瞬間變成一堆在腦海中閃現的回憶，口不能言，感動之淚在眼眶中打轉。

「花了很久的時間……終於……」雖然說不出口，但這句話在世遷的心裏不斷迴盪。

欣賞著莉娜精緻的側臉，世遷的心臟噗通地跳動。早已安坐在預購座位上的藤原莉娜在眼角的餘光裏留意到世遷的出現，她的身體開始不自然地僵硬起來，心跳加速，但依然強裝著一副故作泰然的樣子，以不經意的表情向在旁邊佇立著的歐世遷看去。莉娜輕咬下唇，展露著真摯且含羞的甜蜜微笑，二人四目交投之間，夾雜著濃厚情愫，彷彿全場只有他們兩個觀眾……

到底這場音樂會能不能再一次牽起他們兩人的紅線呢？故事即將進入最終高潮！

第二十五章　音樂會情緣（下）

濃厚的甜蜜氣息籠罩著整個大會堂演奏廳，早已植入細胞內的愛意，隨著時間有增無減，歐世遷等待這一刻已經等得太久了。面對面的約會，兩人對望之間，眼神訴說著千言萬語，但彼此卻不敢越池，因為要踏出求愛的第一步絕不是簡單的事。

小心翼翼地側身避開已安坐的觀眾，歐世遷逐步地走近中間的觀眾席位置。縱使只是七步之隔，但這七步卻足以令歐世遷一步成喜，七步成仙。猶如攀山涉水，越過萬重難關，他終於走到莉娜的身旁坐下來，愉悅快樂有如仙樂飄飄。

手腳突然變得不自然，肌肉僵硬得令動作奇怪，世遷徐徐坐下的同時向莉娜打招呼：「咦……哈囉！」

近距離的接觸，使故作泰然的莉娜也變得不自然起來，然後彷若個害羞的小女孩般輕聲回應：「哈囉！」

莉娜說出口的每個字都令世遷有種心跳的感覺，他不但手心冒汗，而且額頭幾顆頑皮的小汗珠更依附著他那束有如動漫人物般造型的髮絲。

「喂喂，小伙子，我倒是第一次見到你有這種反應，對付怪物的時候你的表現還比現在冷靜。看你臉紅耳赤的樣子真的惹我哈哈大笑。嘻嘻！」耶魯斯在取笑著害羞的世遷。

「慳啲啦你！今天我是主場，你別想取笑我！一會兒莉娜就會投在我的懷抱內。」世遷閉上雙眼，皺起雙眉在心裏大力地說。

「係咩？睇吓點？」耶魯斯再次調侃著世遷。

莉娜在眼角的餘光裏留意到世遷奇怪的表情，遂問：「你……沒事吧？」

人神間的意識對話被莉娜的問句劃破，世遷立刻慌張地睜大眼，兩頰泛紅，十指雙掌舉起，不斷猛烈搖晃示意自己沒有問題。

內裏自信，外在羞怯，那是青春戀愛的表現。其實他們二人彼此也有同樣的感覺，所以面面相覷。

「其實呢……剛才……」二人同時說話。

同步發言使情況更顯尷尬，世遷禮讓莉娜先講，但莉娜又再讓給世遷。所以最後由世遷先說。

「剛才怎麼不見你在外面呢？」世遷率先打開話題，明明心臟跳動得很快，但卻裝出一副淡定的樣子和口吻。

「啊……因為剛才我去後台找我的老師短聚一下，所以沒有在外面。今晚表演的梁女士就是我的老師。」莉娜明顯一副不自然的表情回答。

「嘻嘻嘻！」耶魯斯發出不懷好意的笑聲，彷彿在暗示著甚麼似的。

世遷心裏知道其實莉娜是在說謊，全因為這次唐突的約會實在叫人不知道如何開場是好，莉娜只是選擇了最少尷尬份量的開場模式而已。

「嗯……我隨便說說而已，沒打緊。」剛才明明是非常失落的世遷卻說成不要緊。當然，眼前莉娜的出現已經使前面的沮喪一掃而空。

二人沉寂了一會兒，視線也不知向哪裏看才是好，於是各自調整自我心態，然後莉娜率先找話題。

「門票是不是六十元？我先還給你。」莉娜翻開自己的手袋，並在裏面取出銀包，然後拿出一張一百元港幣的紙幣，打算交給世遷。

「不用！不用！」世遷見狀立刻搖頭撒手，示意不需要，他說，「這次是我想約會你，就當作是我請吧！」

「怎好意思要你請啊！我本來也想來聽這場音樂會，不過剛好你買了門票，所以……」莉娜又再一次找尋藉口，然後把紙幣遞給世遷。

前後左右的觀眾都開始對他們二人的對話感到不耐煩，而做出奇怪的表情。有見及此，世遷只好無奈地收下紙幣，但也只是暫時。

音樂會正式開始了，一眾中樂團的樂師都有序列隊，從後台走出台前，準備向觀眾展示出自己努力排練的成果。弦樂、管樂、敲擊樂和彈撥樂奏起，各種不同的樂器交織成強而有力的樂聲。每個不同聲部的樂器都肩負著自己的角色和責任，成為樂曲中重要的靈魂，缺一不可。

流水行雲的樂韻使觀眾聽得如痴如醉，優美的旋律徘徊在演奏廳內的每一個位置，牽動起眾人的情緒。雖然醉翁之意不在酒，但是在美妙樂聲的加持下，浪漫的氣氛薰染著二人的情愫，曖昧之意熾熱攀升。

世遷趁莉娜不留意的時候，立刻把剛才的紙幣快速投入對方的手袋裏。

然後莉娜緊張得面紅耳赤地說：「你……怎可以這樣子哦……不行的，不行的，怎好意思要你請？」之後又把紙幣交投到世遷的手裏去。

有如孩子在玩傳球遊戲般，紙幣不斷在他們的手裏互相反轉交換著，二人碎碎唸的聲音令四周的觀眾也再一次以不耐煩的眼神瞧著他們。二人頓時感覺到無比的尷尬，歐世遷在今次的事情裏只好無奈地投降，趕快收起那張一百元的紙幣。

「沒有零錢，下次上學的時候才找給你四十元吧。」世遷說了一個善意的謊言。

「好的，不要緊。」莉娜含羞地悄悄回應。

一場尷尬的紙幣傳球遊戲後，歐世遷不時以眼角的餘光偷偷望向莉娜，明明白白的戀愛偏偏要裝成暗戀似的，這種令人心跳加速的曖昧是在正式發展關係前，最令人興奮和享受的階段。世遷實在按捺不住內心的興奮，因為在音樂會開始之前他的心已經跑到莉娜那裏去了。

美妙的樂聲在不知不覺間已經暫停，到了中場休息的時間。

「我想先去一下洗手間。」莉娜羞答答地說。

「哦……好的。」世遷也雙臉泛紅地微微低下頭回應。

趁著這個空檔的時機，世遷查看手機，看到管家多次發來訊息問：「音樂會事情進行得如何？莉娜小姐有來嗎？」世遷立刻雀躍地回覆管家信息：「她來了，她來了！」

瞬間秒覆的管家回應：「那實在太好了，要好好珍惜機會哦！」

看到世遷的回覆，縱使隔著手機的屏幕，但在字裏行間也感受得到對方內心的興奮和快樂，這一直都是管家最希望能夠見到的事情。管家衷心希望這次音樂會後，他們二人能夠再一次互相認識對方，再一次成為天生一對的伴侶，這是老人家對後輩的期望。

另一邊廂，去了洗手間的莉娜同時也在查看手機。在她的手機內也有依楠傳過來的訊息：「今晚音樂會還好嗎？嘻嘻！」依楠在信息裏附加了一個不懷好意的搞笑表情圖案。

「還好啦，今晚回來再談。」莉娜在洗手間內回覆。

世遷安坐在自己的座位上，一副含情脈脈的樣子，思考著接下來應該要與莉娜談甚麼話題。

「我回來了。」莉娜溫柔地輕聲向世遷說。

緊張得假裝咳嗽了兩聲，然後世遷裝著一本正經的樣子開始了新的話題：「我聽同學說今次這場音樂會主要是以現代音樂為主，曲風會比較創新奇特，你會不會也有這種感覺呢？」

莉娜想了想後，以一副富有才學的樣子回應：「也不會啊……這種非傳統作曲技巧是由非功能和聲體系作為理論支撐而創作的。在這個新時代用新的作曲手法、音樂理論和音樂語言創作的音樂就是藝術。」

被對方的回答所震驚，世遷對面前充滿內涵的莉娜感到驕傲，憑著剛才的一番說話足以證明今天的莉娜已經不能與從前同日而語。

「果然她去藝術學校讀書是一個明智的選擇。」世遷心裏感恩著學校能教懂她知識，因為讀書不但能夠增加知識，而且能夠豐富內涵。

世遷頷首同意莉娜的說法，遂輕描淡寫地說：「嗯，這是和聲結構複雜的樂曲。」

一番學術討論和交談後，會場燈光又漸暗下來，優美的樂聲再一次響起令全場肅靜，他們留心聆聽著一眾樂師的演奏。齊整的節拍和熟練的演奏為整場音樂會畫下完美的句號，在場的所有觀眾都為一眾努力演出的樂師鼓掌。

音樂會完結後，他們二人隨著所有觀眾的身影逐步有序地徐徐離開會場。

「我想先上一下洗手間。」詭計多端的世遷打算以上洗手間作喘息的機會，思考一下接下來應該如何與莉娜共度美好的時間。

「好的，我就站在這裏等候你。」莉娜既含羞又爽快地回答。

世遷以快速的腳步走進洗手間，在洗手盆和鏡子前面扭開水喉，用清水潑洗自己的臉孔，好讓自己清醒。冰涼的清水使滾燙泛紅的雙臉降溫，然後臉頰逐漸恢復正常的膚色。

「小伙子，要好好把握機會啊！」耶魯斯從世遷的意識裏冒出來說。

「行了，行了！我懂得怎樣與女孩相處。」世遷緊張又不耐煩地回答。

所謂旁觀者清，其實從小便寄居於世遷心裏的耶魯斯很清楚世遷的性格。雖然他是一個能力很高、意志強大和心思慎密的人，但是當面對戀愛問題的時候，他的內心便會有如小鹿亂撞，失去方寸。或者，這就是屬於天才的唯一缺點吧！但也正因為這個缺點，歐世遷擁有一顆感情純真的心。

耶魯斯擔心著接下來的發展。

調整好自己的心情後，世遷挺起胸膛勇敢地踏出洗手間，回到佇立一旁等待著自己的莉娜身旁，說：「不好意思，讓你久等了。我們離開吧！」

莉娜微微低下頭並頷首同意，二人便離開大會堂。淋浴在這種曖昧的感覺裏，二人也不知道接下來應該要往哪裏走，只知道大家都想把握這個機會重新真正地認識對方。雖然藤原莉娜失去了過去對歐世遷的記憶，但是這種令自己心跳的感覺是騙不了自己的，她心裏很清楚知道其實自己也對世遷有種愛慕和被他感動的感覺，只是不懂得用甚麼語言或情感去詮釋這種感覺而已。

二人在大會堂的門外以踱步般的速度行走，會場的其他觀眾都已經消散得無影無蹤。清澈的皎月之光照射在地面，光線使二人的身影落在瀝青的地面上。從拉長了的身影看起來，他們就像一雙登對相襯的情侶在飯後踱步談情一樣浪漫。

二人沉默中帶著情意，總是等待著對方首先打開話題，終於莉娜按捺不住自己的矜持，率先向世遷說話了。

「對了，一會兒我要往那個方向走，因為現在我住在學校的宿舍，是在上環的半山位置，你呢？」憑著自揭住所的位置，莉娜順便探問世遷現在居住的地方在哪裏。

「哦，我現在住在九龍區，一會兒要乘搭地下鐵路過海。」世遷回答。

他們一邊走一邊閒聊，明明是已經相識過、相愛過的情侶，現在卻變成重新開始認識的暗戀對象。這時候世遷的手機震動起來，那是Samson的來電，但正在處身於這種情況又怎能夠被他所打破呢，所以世遷選擇直接拒絕來電。

看到世遷拒絕了電話的來電，莉娜遂問：「有甚麼事情嗎？如果你沒空的話，我可以先離開啊。」

世遷立刻慌張得搖頭撥手說：「不是，不是，沒有甚麼緊急的事情，不過是電話傳銷廣告而已。」世遷再一次說了一個善意的謊言，這是為了不打破自己與莉娜共度的美好時光。

「歐世遷你很古怪啊！你知道嗎？」莉娜的眼神藏著愛慕和好感。

「哈哈哈！是嗎？」世遷以笑容搪塞過去。

他們二人不知不覺間走到中環地下鐵路站的入口。在心愛的人面前，世遷的心臟跳動得快要令他喘息不過來，所以理性的意識開始有點凌亂。

「不如……」莉娜似乎是有一番說話想向世遷說出口，卻被世遷打斷。

「我弄了一張新名片，雖然只是作玩意的用途，但這裏有我的電話號碼，你回家後就給我報平安，好嗎？」世遷打斷了莉娜的說話，開始緊張得不知應該說甚麼，然後從褲袋裏取出一個名片盒，把裏面的名片取出來送給莉娜。

莉娜接過名片後，也開始有點不知所措和無奈。因為經歷過與許思源的一段戀情後，莉娜一直都彷若一位小公主般被寵幸著，而思源也是一個細心溫柔的男人，在生活上把莉娜照顧得無微不至。失去了對世遷的記憶，站在自己面前的人就彷若一個剛認識的新朋友一般，莉娜不禁在心裏把世遷與思源比較起來，但她心裏明白只要一有比較便會有傷害，這就是無奈。

其實莉娜是打算向世遷說：「不如我們找個地方坐下來，喝杯東西好嗎？」但無奈的莉娜只好把說話嚥在喉嚨，然後咕聲吞回肚子裏去。在情竇初開的時段，大家也不懂如何去處理這種曖昧的情感，莉娜只好當機立斷向世遷說自己要回家了，避開接下來的尷尬。

不懂情趣的世遷竟然衝口而出：「好吧，時間都不早了。你回家記得給我打電話報平安啊！如果你是往上環的方向就向右邊直行，我需要往下層乘搭過海的路線，所以我往另一個方向走了。」

「哦……好的，再見！」莉娜被不懂情趣的感情白痴惹怒得翻起白眼來，然後沒好氣地轉身跺步離開，乘搭往上環方向的地下鐵路。

像個感情白痴般懵然不知的歐世遷，還猜不透女孩子的心思。明明人家都已經給了自己明確的暗示，但他依然捉不緊機會，只能夠說是「能捉鹿卻不懂脫角」。

本來甜蜜的感覺被突如其來的單純弄得失去情趣，二人的身影朝著不同的方向離去，這個音樂約會終於在不圓滿的結局下譜下結束音。

到底回家後的藤原莉娜會不會如世還所願，打電話給他報平安呢？他們二人的感情又會以怎樣的形式發展下去？

第二十六章 深入「鷹」穴

時間來到二零三五年二月二十七日。

「控制情緒是辦大事的基本條件，你我都是管理者出身，你應該有這種能力。看你特意前來，那就讓我送你一個人情。」

「歐世鷹引以為傲的東西！」

駕駛著汽車在公路上奔馳，憶起孫葵英的說話，這令Samson萌生起一個想法，但他希望親自去確認一下。

傍晚時分，車輛停泊在一段夾在兩座工廠大廈中間的小路旁。咔嚓！Samson從車內的收納箱內取出一對手套和一把小軍刀，並從刀套中取出來檢查一次，確認刀刃沒有任何問題。然後他戴上手套，從後座位置取出頭盔戴上以遮蔽樣貌，再關上車門向工廠區後面的屋苑走去。怪異的白霧瀰漫四周，涼薄的空氣令Samson開始呼吸不暢起來。

「這偏僻的地方也開始進行開發了嗎？」越過一個又一個的地盤，好奇的感覺是支撐著Samson

繼續前行的動力。四處勘查也沒有發現任何異狀，但多年調查案件的直覺告訴他一定是有甚麼危險存在著。

走到一幢舊型屋苑，四處也杳無人煙。明明附近都有地盤在工作，到處掀起滾滾沙塵。當Samson凝神看著前方，踏進被風漸漸吹散的灰塵之中時，面前一部看似平平無奇的升降機卻異常整潔，這頓時勾起了他的疑心。

他記得以前有線人匯報過，在這附近歐世鷹暗藏著一個地下軍火庫，但到底是在哪裏呢？Samson在心裏自問自答。自己雖然是前處長，但從來卻沒有親眼見過地下軍火庫的全貌，而那位線人也在給自己匯報後不久就被歐世鷹鎗殺了。Samson回憶起那位夾雜國語口音的線人死亡模樣，記得當時發現他的遺體時，他的胸口有被子彈穿過的痕跡，而且還曾經被示眾羞辱，死相慘不忍睹。

「嘖！」Samson咬牙切齒，痛恨著歐世鷹的所作所為。

藏在天花板暗角的超微型攝錄機鏡頭一直拍攝著Samson的動作，然而作為前警務處處長的他又怎會察覺不到。他裝作一副泰然自若的模樣走出屋苑外一百米的範圍，利用特制的小型裝置駭入屋苑內的攝錄機鏡頭。然而這種小型裝置每次只能控制三條線路，Samson要小心選擇有死角的位置行走，加上長時間入侵或定格容易被人發現，所以每次不能超過十秒。他需要在潛入的過程中，不斷改變著操控不同位置的攝錄機鏡頭和掌握好時間。

「每次最多駭入三部攝錄機鏡頭，而且要在十秒內……」Samson喃喃自語，不斷提醒自己。

遠處的拐角，一個神秘的蒙面黑衣人悄悄地監視著Samson的一舉一動。

深呼吸了一口氣，整理好思緒後，Samson在思考著，既然是地下軍火庫，應該有升降機或樓梯可前往。所以抱著這種想法，他決定先控制屋苑大堂內的攝錄機鏡頭，Samson只有十秒的時間決定先進入升降機內還是先到後樓梯調查。

小型裝置瞬間駭入了攝錄機鏡頭的畫面，然而他卻按下升降機的向上鍵，打開門後快速掃視樓層按鍵，但奇怪的是傳聞中的地下軍火庫竟然沒有任何按鍵顯示能夠到達地庫，升降機內只有G至二十樓的按鍵選擇。於是在入侵失效前，他在十秒內完成初步查探，然後快速跑到大堂死角，他決定從後樓梯逐層調查。原因是大廈升降機由地面到頂層的時間一定會超過十秒，而若第二次駭入的時間差處理得不好便會出岔子，所以才有此決定。

進入後樓梯的位置，Samson卻發現沒有可以下去地庫的梯級，於是他決定往上逐層查探。大廈離地面高二十層，他小心翼翼地提步前行，儘量減少發出聲音以免打草驚蛇。

從地下樓層走到天台，Samson用小型裝置記錄了整座建築物的外型和內部結構，但過程中卻找不到任何端倪。夕陽餘暉給四處添上了橙黃色的彩妝，從天台看出去是一個正在發展中的社區景觀，被附近的地盤所包圍，未來這個地方即將會是個新的都會區。

Samson驚嘆香港過去變化的同時，他在猜想地下軍火庫的準確位置到底在哪裏？

「難道不是這個地方？或者已經不存在了？」Samson在質疑著自己的想法和行動。

正當Samson打算離開的時候，他留意到有個電錶房。在好奇心的驅使下，他上前檢視一番。豈料，竟然發現一個用金屬箱封著但沒有記錄單位號碼的電錶，而且外面還加了一道密碼鎖，一般人是不能隨便打開的。但從透明的位置看進去，那裏的讀錶度數竟然較其他的高出數十倍。驚訝、懷疑、錯愕的表情此時此刻出現在Samson的臉上。

「這種用電量絕對是不正常，肯定是這個了！但，到底是哪個單位呢？明明剛才我已經從地下往上逐層查探，究竟是哪個位置被遺漏了？」Samson閉上雙眼，屏息靜氣地回憶著剛才所經過的每個位置，用心眼重新審視自己可能錯過的細節。

時間過了一會兒，Samson依然毫無頭緒，他致電給過去認識的舊同事，請求幫忙調查這棟大廈的建築圖則和支出電費等一切資料，希望從中能找到甚麼線索。與此同時，他不斷嘗試入侵升降機內的攝錄機鏡頭，除了核對操控台面上的按鍵外，還想知道有沒有其他藏著的暗盤鍵掣。

滴答滴答，時間分秒流逝。Samson弄至晚上依然沒有任何頭緒，加上舊同事卻回覆建築圖則沒有記錄到有地庫一項，而電費支付也追查不到任何資料，電力公司解釋這是高度機密內容，只限權限人士查閱。因此Samson懷疑背後有一股勢力正在操控著，他不禁再次聯想起自己的好友，也就是現任保安局局長——羅耀光。

「到底是誰能擁有這種權力？真的是你嗎？好友……」Samson一臉苦澀的樣子，聯想起負面的情況。於是，他拿出手機打算聯絡歐世遷說明眼下狀況和自己的想法。

「嘟……嘟……」電話接通了大約十秒時間，然後直接斷線沒有人接聽。

「那小子怎麼沒有接聽？真的急壞人了！」Samson焦急地抱怨著。

突然，一種針刺的感覺出現在Samson胸口上。「這是？……」來不及說出下一句，Samson已經應聲倒在地上。就在失去意識的前一刻，蒙面的黑衣人出現在Samson的面前，但他已經再沒有力氣掙扎，麻醉藥使意識逐漸消散，整個人完全昏倒過去。

另一邊廂，音樂會後回到家中的歐世遷正在靜待莉娜的來電。此時此刻他的心情就好像熱鍋上的螞蟻，非常忐忑焦急，手機拿起又放下，在家中不斷來回踱步。就算在上廁所的時候，世遷也攜帶著手機放在洗手間內，擔心錯過了莉娜的來電。

罕有地看到世遷焦急的發情模樣，管家不禁偷笑起來。

時間一分一秒地滴答過去，等候了超過一個多小時，電話終於響起了，世遷立刻拿起電話接聽。

隨意咳嗽了兩下，然後準備好正常的聲線：「喂？我是世遷。」

「喂……我是莉娜，我回到家了。」莉娜含情脈脈地溫柔說道。

「哦，那就太好了，這是你現在的手機號碼嗎？」世遷一本正經地問。

「對啊！」莉娜甜蜜地爽快回應。

「那麼……我下次再找你聊天吧！晚安了。」世遷緊張得不知道要說些甚麼，所以便草率地結束了話題。

「下……哦……好吧……晚安了，再見。」原本期待著整晚都會浸在情話綿綿的電話粥裏的莉娜，被世遷奇怪的對話弄得不懂招架和應對，不爽和失落感一下子湧上心。

掛線後，世遷的心「噗通噗通」跳得非常厲害。聽到整個對話的過程，管家感到莫名其妙的生氣，他說：「少爺，你這樣子實在是太過分了！人家女孩子主動打電話給你，但你卻草草兩句便掛線，我肯定莉娜小姐一定會因為這件事而生氣。」

「我很緊張啊，不懂如何應對。」世遷一臉尷尬地說。

「唉……」一聲嘆，管家沒好氣地用手捂著自己的臉。因為他知道世遷是一個感情白痴，並不是他整個人不懂細心溫柔，而是他不懂甜言蜜語和情趣。管家為這段重新開始萌芽的感情感到惋惜，更對世遷的純情感到無言。

同時，掛線後的莉娜也用力握緊電話，輕嘆抱怨：「你這個歐世遷到底是在搞甚麼？真的不明白你到底想怎麼樣……」

同為舍友且如閨蜜般親密的依楠好奇地問：「怎麼了？他說了些甚麼？」

「沒有，叫他去死啦！大笨蛋。」莉娜氣得把手機摔在床上。

被莉娜發怒的樣子惹得發笑，依楠用手捂著嘴巴忍耐，但最終也被莉娜發現自己在偷笑。

轉身走到浴室洗澡，扭開水龍頭，溫暖的熱水流過每一吋白皙的肌膚。莉娜凝視著玻璃門倒影裏赤裸的自己，然後沉思著歐世遷和許思源兩個男人的事情。

其實早在兩個月前，莉娜和許思源已經分開了，是思源單方面先提出分手，而莉娜也沒有作出任何挽留，兩個人很自然地便分開了。所以這次莉娜跟世遷一起去看音樂會並不存在著任何的出軌行為。

「他到底是不是喜歡我呢？但為何……」莉娜利用依附在玻璃浴屏上的霧氣，用纖細的手指在玻璃上畫了一個心形的符號，然後在嘩啦嘩啦的水聲中苦笑著。

被管家抱怨一輪後，世遷也認為自己犯了很多不必要的錯誤，所以他決定再一次拿起手機查看聊天紀錄，並打算回電給莉娜。但是在查看紀錄時，他看見早在兩個多小時前Samson曾經致電給自己，於是世遷打算先回電給Samson，然後再找莉娜。可是多次撥號過去，Samson的手機都沒有接聽，所以世遷最後便放棄了這個念頭。

「唉……現在都已經深夜了，還是明天再一次過打電話過去吧！」他一邊沉吟，一邊看時間，放下手機的世遷轉身便沐浴更衣，躺在床上就寢。

這個晚上，世遷抱著快樂入睡，即使在熟睡的時候，他臉上也不時流露出幸福的笑容，有時肚子更會因為夢囈而笑得上下震動。對他來說，這一天是近年來最快樂和最滿足的一天。

第二十七章 主人

地下密室內，混雜了生與死的氣味。

「這個人需要處理掉嗎？」穿著黑色衣服、嘴角有痣的男人在說。

「看看你的老闆如何打算，再決定吧！」溫德倫回應著嘴角有痣的男人。

曾經一度正面交鋒過，所以溫德倫一眼便認得出面前被囚禁的人就是前警務處處長。

手腳都被厚重的鐵鏈捆綁著，聽覺從模糊微弱逐漸變得清晰和大聲。Samson逐漸恢復意識，睜開雙眼之時用力搖頭，嘗試著掙脫昏感。注意到自己被鐵鏈捆綁而失去了自由，他很快便知道自己已經被人抓住了，同時亦印證到自己的想法是沒有錯誤的，這個大廈屋苑真的藏著一個地下室。

他慢慢地睜開雙眼，環視四周的狀況，自己隨身的裝備包括頭盔、小刀、入侵裝置和手機等，都被搜查出來擺放在房間角落的桌上。

面前嘴角有痣的黑衣男人上前，用兇惡呼喝的口吻向Samson逼供，打算問出對方想潛入這個地方的企圖。但久經歷練的Samson又豈會被這種行為恫嚇，他依然是一言不發，因為他確信面前之人絕不是背後的幕後主腦，就算與他對話也不過是浪費唇舌。見到面前站立的二人其中一個是溫德倫，Samson就知道自己已經身陷「鷹」穴當中。

嘴角有痣的男人向溫德倫說自己要出去迎接主人，所以要求溫德倫暫時看管著Samson，別讓他逃脫。沒有正面回應對方的說話，溫德倫的視線從那個男人移至Samson的身上。

「哼！這就是你研究怪物的地方，對吧？上次歐世遷放走你果然是做錯了決定，你竟然不懂把握機會重新做人，而是回到這種地方繼續助紂為虐！」Samson以憤怒的眼神怒斥著溫德倫。年輕人不懂珍惜改過的機會，而且自己之前更為面前這個人撒了一個謊從而希望他能夠重新做人，但面前的景象讓Samson感到非常痛心和後悔。

聽完這一番話後，溫德倫依然是目無表情，對於Samson的說話，他好像一點也不在乎，遂以冷漠的口吻說：「你是怎樣找到這個地方的？」

「不過是歐世鷹的遺物而已，找到又有多奇怪！」Samson嗤之以鼻，他是個非常固執且重視面子的人，遂說出這番話來。但在他的心裏知道，其實自己一直都找不到，只是剛好被人麻醉，並關進了這裏。

幾番交談後，門前有兩個人迎面而來。走在前面的是剛才嘴角有痣的黑衣男人，而在後面的人雖然戴著面具看不清楚他的模樣，但從他走路的姿態也感覺到對方是個非常有自信且散發著兇邪氣息的狠角色。[6]

「出去。」沉實的聲線道出一句命令，嘴角有痣的男人和溫德倫立刻從囚禁的密室離開，裏面只剩下Samson和神秘之人的身影。

「你是真心想尋死嗎？」神秘人一邊向前走近，一邊說話。

神秘人的樣貌從黑暗模糊中逐漸被燈光照射得清晰，面對眼前之人，Samson的臉上竟然毫無詫異之色。

「耀光……你到底想做甚麼？為何……」Samson直接喊出對方的名字，等於道破了對方的身份。

佇立在前的神秘人，溫德倫和嘴角有痣的男人所稱呼的主人，就是保安局局長——羅耀光，他徐徐地摘下面具。

「Samson，你知道為何這個世界會變得烏煙瘴氣嗎？由創世以來，人類不斷進化所產生出來

6　狠角色：意指做事風格和個人性格等都比較狠的人。狠角色也可以形容一個人很厲害、很有手段，而且一般不怎麼「廢話」，他們看起來總是沉穩的，而且說出來的話是擲地有聲、非常的有分量。因為很多時候做實事永遠比說話重要，默默地付出實際行動才能夠收穫成功，實力永遠比浮誇更重要。

的貪婪和慾望，是透過不斷地掠奪來擴大自己的勢力，奴役下面的生物來侍奉食物鏈的上層，這不是人類的本性嗎？建立社會制度不過是方便管制人類的手段，既然人類的本性是喜歡互相廝殺，那不如徹底地激發他們的基因本性，讓束縛著的醜惡解放！」羅耀光說得振振有詞，有如邪教般的宣言。

「一派胡言！」猛然一聲迴盪在密室的四周，打斷了羅耀光的說話，Samson怒髮衝冠。

看見面前的人充滿憤怒的樣子，羅耀光彷彿更享受著對方這份憤怒，舌頭舔著嘴唇繞了一圈，變態之模樣令人噁心。

「人類還是安靜地做奴隸吧！」淡然的口吻彷彿已經摒棄了良知的本性，身上沒有任何人類氣息，臉上掛著的只有詭異的眼神和邪惡的蔑笑。Samson深知面前之人已經不再是他的朋友，而是披著人皮的魔鬼而已。

「反正我都已經被你捉住了，展露出你的真身吧！」Samson直言不諱。

然而，羅耀光的臉上乍現出古怪的表情，在皮膚的底下滲出了黑色的色素，逐漸覆蓋了整個頭部，膨脹又收縮的頭骨形狀出現了異變，逐漸形成了一張有如蟑螂般可怕的怪異模樣。有限度的變身和保持著正常的走路姿態，看來這個異物已經適應了羅耀光的軀體，並同化在了一起。

雖然早料到會是怪物的模樣，可是羅耀光變化出來的樣貌，實在是醜惡得令人作嘔。然而，詭異的邪眼有著令人迷幻的感覺。沒錯了，絕對是個標準的魔鬼！

「你……到底是甚麼？為何要選擇羅耀光？」Samson怒斥著質問。

「因為……好玩啊！作為魔鬼來愚弄你們這群低等生物，真是有趣！」魔鬼嘲諷著面前憤慨的Samson，而背後的一切陰謀不過是單純的「好玩」。這種輕蔑生命是不折不扣的罪惡行為，Samson非常痛恨。

「同化的計劃不單單在香港這個細小的地方，稍後便會逐步擴展到世界各地。你有能力阻止我嗎？我認為你沒有，因為你很快便會成為我的其中一個奴隸。」魔鬼邊說邊恢復成羅耀光原本的模樣，然後轉身信步離開囚禁密室。

怒視著漸遠的身影，Samson猛烈地搖晃著綑綁自己身體的鐵鏈，面對眼前的幕後主腦，自己竟然束手無策，他因自己的無能而感到無比的憤慨。

「呀……」仰天長嘯的疾呼是對自己無能的吶喊，更是討厭著面前披著好友的皮囊作惡的魔鬼背影。Samson哽咽著，雙眼淌下錐心之痛的眼淚，直至埋首在黑暗之中。

音樂會過後五天，歐世遷在家中一邊練習笙，一邊在思考著莉娜正在做甚麼，被戀愛感覺衝昏頭腦的他，經常留意手機有沒有電話來電或信息，所以有了別的心思就不能集中精神練習樂器。

閒在一旁觀察的管家留意了世遷好一段時間，然後語帶諷刺地指桑罵槐說：「電話是用來跟別人溝通的，並不是用來觀看的。誰叫你上一次不懂世故，現在人家肯定討厭你了！」

聽到這番話後，世遷明顯面露不爽，眼神瞬間銳利，遂認真起來說：「深諳世事卻不世故，才是真正的我。」

彷彿被世遷眼神所壓倒，空氣裏瀰漫著一種嚴肅的感覺，管家頓時啞口無言。

世遷繼續說：「對不起，我並不是要怪責。我只想說出其實我是明白的，只是在於心理上我未能好好把握那種戀愛帶來的情感，才會有時候做出無心之失。我想用最真實的感覺面對我自己，如果連談情都要戴著面具去討好別人，那真是太辛苦了。」

管家一直以為自己已有歲月，精通涉世之道。可是，現在的少爺已經不能同日而語，歷經蒼涼卻不失純真，是智慧的練達。即使明白了人情世故，卻還能保持著本真的面貌，這並不是每個人都能到達的層次。管家終於明白為何天上之神要揀選世遷作為守護世界的使者。

「耶魯斯，我真佩服你的眼界！」管家由心而發地說出這句話來。

藏在世遷心內的耶魯斯暗自歡喜，因為終於有人能看透了。

「哎喲，讓我發個信息給莉娜，看看她今晚有甚麼事情搞，嘻嘻！」世遷偷笑著，舒緩尷尬氣氛。

凝重的氣氛隨笑而散，明白到世遷的成熟，管家再也不擔心甚麼，因為這個孩子已經長大了，思想甚至已經超越了自己。管家感到非常安慰，也期待著世遷的未來。

第二十八章

守護者的代價

與莉娜分開之後，許思源回到內地繼續如常度過自己的每一天。作為一個畫家，他曾經為莉娜畫過不少人物肖像，思源凝視著面前的畫像，回味著與莉娜的時光。

在香港藝術學院，上課途中，莉娜的手機傳來震動。打開手機，莉娜看到一條由世遷發過來的信息：「今晚你要練琴嗎？我想打電話給你。」

收到世遷的信息後，本來消沉了數天的莉娜突然恢復了生氣，整個人都充滿了青春活力。

「嘩嘩嘩！看來有人很開心啊！」依楠斜眼望向同桌的莉娜，嘴角展露著不懷好意的笑容。

「八卦啦你！」莉娜洋洋自得地回答。

於是莉娜拿起手機回覆：「沒關係，可以的。」

收到莉娜的回覆，世遷無比雀躍，遂手舞足蹈地在家中隨意跳動。

「喂，小伙子！你別再跳動了好嗎？我的頭也暈了！」耶魯斯沒好氣地說。

「開心就要跳跳跳！你別管我，哈哈哈！」世遷已經高興得得意忘形。

另一邊廂，在挖掘工程中的地下隧道，獵殺之意，襲身而來，追捕正逃跑的二人。

「嘎嘎……」不斷奔跑的二人上氣不接下氣。

「快到出口了，撐著！」溫德倫左手提著銀色密碼箱，右手攙扶著因受傷而體力不支的Samson。

「我快不行了，你自己走吧！去找歐世遷，讓他結束這一切。」衣服裏滲出鮮紅色的血液，令Samson的面色逐漸蒼白。

「我還沒向你報仇，所以你絕不能死！」溫德倫討厭著說。

二人勉強地支撐到一個沙塵滾滾、到處鋼筋外露的地下通道。挖掘工程令泥土沾滿了鞋底，加上地下濕氣令泥土產生黏性，加重了他們走路的負擔。最後二人走到一個臨時搭建的組合屋辦公室，室內有兩道門，前後各一道，通過後方的門便能夠出去通道、沿梯直上走往地面。

打開後門，看見漫長的樓梯，Samson已經知道自己難逃劫數，遂放棄了逃走的念頭。疲憊且負傷的他抱腹屈膝，緩緩地依靠著牆身坐下喘息。

「年輕人，你有的是未來，把握改過自新的機會！歐世遷相信你，我也同樣！」Samson彷若留下遺言，語重心長地捉著溫德倫的手說。

「喂……到底是甚麼情況？你這個胖子就這樣容易放棄嗎？」溫德倫的眼眸裏充滿著憐憫的憂傷神色。

「不錯的眼神啊，這是我第一次從你身上看到另一個你……快逃吧，否則來不及了。」Samson痛苦地咳嗽著，呼吸氣息逐漸變得微弱。

溫德倫蹲下來，不捨得放棄眼前之人。

「手機密碼是HK999，裏面有歐世遷的聯絡號碼，離開後儘快聯絡他！」Samson把隨身的手機強行交到溫德倫的手中。

一隊怪異的部隊追至趕及，有長著尖牙利爪的，有長著厚重毛髮的，有可以伸縮舌頭進行刺殺的，各式各樣混種怪相的異物穿著部隊制服，包圍著組合屋辦公室。部隊首領是一名保持人型姿態的黑衣人，也就是嘴角有痣的男人。

一眾怪相異物等候著首領的命令，然而就在此時，組合屋的前門打開，裏面走出了一道偉岸的身影。不屈的意志是強悍，更是守護世界和平的決心。記起自己當初在警校畢業至攀上處長位置時的誓言，那份使命感是Samson強挺傷勢勇往直前的力量來源。

緊握手裏的小刀，架好戰鬥姿勢，Samson以最後的力氣迎戰最後的對手。他一生都在與罪惡角力，想不到最後的案件竟然是要對付怪物。面前是一群由人類基因病變出來的異物，牠們是受著某種方式的控制而進行攻擊，是失去了理性、只會殺戮和啃食的邪惡生命。

「殺！」一聲令下，異物們蜂湧而上。

儘管知道刀刃並不能對眼前的異物造成甚麼傷害，但Samson依然不願放棄。「哪怕只能令你們這些孽種流下一滴血，我都要……」Samson咆哮著最後的怒火，誓要擊殺眼前的禍世之物。

異物的狂野是人類基因激發出來的獸性，再加強放大，Samson成為了甕中之鱉。爪牙令其皮開肉裂，重擊令其骨頭折斷，致命的瞬間被本能所救而閃過，但長著尖銳獠牙的兇猛異物在擦過之際已把Samson的左肩膀咬斷，鮮血四濺，血肉模糊。

逐漸潰爛的肉身，使生命加速流逝，Samson的腦海裏盡是不斷浮現的生平畫面。

「讓我們一起努力守護這個香港吧！」羅耀光向Samson說要一起努力。[7]

7 參見本書第十章。

「我們都是並肩作戰過的戰友，就稱呼我Samson吧！」Samson向歐世遷正式伸出友誼之手。[8]

最後的畫面是，「爸爸會守護好香港社會，讓你茁壯成長！我會撐起這個家，讓你們過上好的生活！」

一切的片段，承載了作為朋友、丈夫、父親和警察的身份，Samson守護世界之心絕不比歐世遷軟弱半分。

這份信念支撐起這個潰爛不堪的肉身，僅餘的右手緊握小刀，用力刺向面前的異物身體，異物被刺傷的同時發出痛苦的怪聲。經過一輪扭鬥，最後異物用爪刺傷了Samson，但Samson仍然憑藉氣魄把對方以單手過肩的方式摔暈了，並趁機一腳將其踢飛。然而被踢飛的異物撞倒了後面幾隻同類，令其倒地。

Samson把握這一瞬的最後機會，不顧一切衝回組合屋辦公室，拿出當初那小型入侵裝置，按下人生最後的抉擇。

地下實驗室有被搜掠過的痕跡，裏面還有被關在鐵籠的實驗品、因戰鬥過而躺下休養的傷者、先進科技的培養容器，在本來已經恢復平靜的一瞬，發生爆炸巨響。

---

8 參見本書第三章。

爆炸令一切如噩夢般的大小爭端消彌殆盡，曾經歐氏的軍火庫、今日的地下實驗室再也不存於世。正義審判的烈火焚燒著無數的罪惡，沙塵暴掩蓋了僅餘的出口。

「歐世鷹，你的軍火庫沒有了！你引以為傲的東西沒有了！邪魔孽障，這就是我對你們執行的法治！同滅吧……」Samson躺在地上發出喜悅的狂傲笑聲。

爆炸覆滅了一切憤怒和哀傷，同時也淹沒了背後守護者的最後狂傲笑聲……

第二十九章　天才抉擇

我只能悔恨地跺著腳，眼睜睜看著火柱和煙塵升起，根本就無能為力。

爆炸使鄰近四周產生了劇烈震盪，在那個討厭的混蛋胖傢伙捨生成仁之後，逃出生天的我，往著城區方向倉皇而逃。我抱緊著銀色密碼箱在懷裏，因為當中涉及的是今次事件中最重要的關鍵東西。無論如何我都不能把其交出來！

我放盡自己所有的力氣全速疾馳，在熙來攘往的街道上終於找到了一處骯髒的橫街小巷，身體下意識地讓我在沒有思考的情況下便立刻躲藏起來。大汗淋漓，呼呼喘氣，我想拿出那個混蛋胖傢伙給我的手機聯絡歐世遷，可是雙手卻不停抖顫著。

「是害怕的感覺嗎？」

我反覆在心裏問自己這個問題，因為我無法準確地按下手機上的數字鍵。害怕和疲憊令雙腳開始發軟無力，我只好貼著牆邊，抱腹屈膝地坐在骯髒的地上稍作喘息。滿身黃泥沙塵，加上身體發出的汗臭味道讓我再一次懷疑著人生。

「明明我是在做一件好事……」

我反覆問自己的內心，可是卻得不到任何答案。頭腦一片空白，驚悚佔據了我的身體，這一刻鼻頭開始不由自主地酸起來，呼吸遂變不暢，我知道接下來將會是自己無法控制的情感崩潰，我嘗試壓抑，但，終究也是抗拒不了傷悲。

「嗚……嗚……」

眼淚從滿佈污泥的臉上自然地滑出來，是我討厭著自己的無能？或是對人生終於有了深切的反省？我已經搞不清自己的思緒，所以，就讓這些滾燙的淚液流下吧！

本來打算協助Samson逃走並取出血清樣本是一件替天行道的英雄事蹟，怎料事情竟然發展到這種不可挽回的地步，溫德倫痛心欲絕。

孤獨無助的感覺逼出天才之淚，縱然解決了剛才的敵人，但依然會有更多的人來追捕自己，溫德倫知道逃跑即將是他接下來要做的事情，不過Samson的犧牲實在對他產生了很大的打擊。

沉積了大量傷痛的眼淚奔瀉而出，隨即令負傷累累的心靈也卸下了一擔子的重量。痛哭過後依然還是要繼續往前走，於是溫德倫穩住了手，拿起Samson的遺物手機聯絡歐世遷。

而在歐世遷的家裏，啦啦啦！期待著晚上與莉娜聊電話的世遷高興得在悠閒地哼歌。

「幸好今天沒有課程不用上學，現在我可以好好想一下，今晚要與莉娜談談甚麼話題，有甚麼提議嗎？」停止了哼歌後，世遷向管家問意見。

「我有提議啊！最近戲院好像正上映一套叫《灰天鵝》的電影，是有關跳舞藝術的，我覺得莉娜小姐應該都會喜歡，不如你嘗試約她一起去看看吧！順便能夠談談情，你說是不是個好提議呢？」管家滿有自信地說。

「嘩！這真是個好提議。果然薑都是越老越辣！」世遷滿意著管家的提議。

正當二人討論得興高采烈的時候，世遷的手機突然響起來。

「難道是莉娜急不及待要找我？」世遷雀躍地跑到桌子旁拿起手機。

「來電者：Samson陳洛文」

看到來電顯示不是莉娜的時候，世遷的臉上明顯有著失落之色。然而咳嗽了一聲之後，他收起溫柔的聲線，用正常的口吻去接聽電話，他開啟著揚聲器，讓管家都能夠清楚地聽到。

「喂……撥過幾次電話也沒有接通，上次沒有接聽你的電話是不是生我的氣了啊？」世遷一邊開玩笑，一邊擦著鼻子說。

「我是溫德倫。」對方傳過來的聲音讓歐世遷和管家突然有種被衝擊的感覺。

「甚麼？你怎會有那傢伙的手機？」收起剛才的嬉皮笑臉，世遷認真起來。

「他已經死了。」對方再次傳出的說話讓二人更為震驚。

「死」字一出，瞬間凝住了周遭的空氣，彷彿時間也停頓下來。震撼性的消息打擊了本來輕鬆愉快的氣氛，無言頓時成為了這一刻的主角。

沉寂片刻，歐世遷也不懂怎樣回應。

「現在我需要你的保護，也需要得到你的力量協助，你能做得到嗎？」溫德倫加強著語氣，下定決心地懇求著。

平生以來第一次收到這種請求，世遷意識到事情的緊急和嚴重，遂在不問因由之下立刻答應。

「好！你現在在哪裏？」世遷帶著銳利的眼神，焦急地透過電話問溫德倫身在何處。

「我正躲藏在港島區銅鑼灣。」溫德倫清晰地回答。

「明白，我馬上出發。」世遷把視線望向管家。

「我手上有一樣很重要的東西，但憑我一人之力絕對撐不過今夜，所以請你儘快來會合我。」溫德倫斷然地說，然後掛線。

掛線之際，只見世遷和管家心照不宣，立刻整裝出發。

管家開著賓利汽車載著世遷前往銅鑼灣。

正在焚燒著的地下實驗室，已經再沒有任何生機。在地下通道的一處暗角，有一個穿著黑衣的壯大詭異的身影在地上蠢蠢欲動，本來面目猙獰、滿口獠牙、全身被粗硬的皮膚覆蓋且以四足爬行的異物逐漸恢復成人的姿態站立起來，那是嘴角有痣的男人。

「陳洛文已經死了！而溫德倫拿著血清逃脫了。萬分抱歉，我會立刻把血清找回來！」嘴角有痣的男人向電話的另一方戰戰兢兢地匯報著。

「失敗的後果，你清楚吧！把他們的屍體帶回給我，取回一切樣本。」對方傳來威嚴的辭令，然後掛線。

變成異獸怪物的特種部隊，全部從躺在地上的受傷狀態逐漸恢復成人的姿態，並再一次站立起來。爆炸現場唯一躺著的卻只有Samson不全的屍體。

嘴角有痣的男人逐步走近，他凝視著Samson的屍體發出令人心寒的蔑笑聲，遂說：「作為弱小的人類應該要學懂進化，我已經得到主人的恩賜成為了強者，無論是你抑或是其他人，我都可以輕易把你們消滅，就好像踩死螞蟻一樣容易，後悔與我為敵吧！可憐又弱小的人。」

狂妄的口氣是因為擁有了超越人類的力量，儘管是受到了強烈的爆炸衝擊，變身異物後堅硬的皮膚也能夠抵擋。加上有著快速再生基因的加持，受傷的部位很快便會自動恢復，嘴角有痣的男人大放厥詞。

佇立一旁的特種部隊靜待嘴角有痣的男人發號施令。「A隊把這屍體抬走，運送到主人那裏去。其餘人馬隨我用面部搜尋技術和你們的鼻子把溫德倫搜尋出來，明早太陽出來之前回收到所有血清樣本！」

於是部隊換上新的黑色服裝出發，展開追捕溫德倫的行動。

四處逃跑就是為了躲開敵人的追捕，溫德倫小心翼翼地避開街道上的攝錄機，但現代化的城市實在太多攝錄影像儀器了，他只好盡自己最大的努力躲避開最多的攝錄位置。用偷回來的布料、紙皮、膠袋等，每隔幾分鐘就不斷轉換包裝，目的是偽裝自己手上的東西讓敵人不容易追蹤自己。

「歐世遷，你到底甚麼時候才到？」德倫焦急得慌張起來。

不管天才如何偽裝，但他身上洩漏出的過人氣息卻遮蓋不住。很快追捕他的特種部隊利用科技和嗅覺敏銳的特點已經鎖定了他的行蹤位置，並與溫德倫在街頭上展開了一連串的追逐。

由於特種部隊沒有收到相關指示，所以他們一直保持著人形的姿態追捕溫德倫，好像警匪片中的角色般追逐在鬧市之中。嘴角有痣的男人為部隊首領，他以一副泰然自若的嘴臉安坐在流動對策車上，用先進的儀器監察著整個行動。

冠名以天才也並不是浪得虛名，溫德倫利用過人的智慧甩開了眾人的追捕，然而作為天才又怎會沒有準備後手。溫德倫在地下實驗室的時間裏也製造了一些用來傍身的微型武器，那是能夠透過遙控的微型迷暈裝置，但由於受大小限制，作用只能夠維持一小段時間，所以這些小伎倆只能護命一時。

利用自身優勢，再依據街道的地勢，溫德倫以自己的聰慧擺脫了全部的特種部隊，可是螳螂捕蟬黃雀在後，嘴角有痣的男人實在受不了部下的無能，因而蒙面親自出擊。

「唉……那個歐世遷在搞甚麼？怎麼還未見人影……我快撐不住了！」溫德倫焦急又氣躁地說。

被追逐至時代廣場的天台，天色已經昏暗，溫德倫再也無處可逃。不諳運動的他雙腳也開始疲憊得抖顫起來，手上能夠用來逃命的裝置或武器都已經沒有了，逃命的旅途只能到此為止。

察覺到已經走投無路，緊抱銀色密碼箱的溫德倫回頭一望，帶著濃烈殺意的蒙面黑衣男已趕至身後。

「你也不愧為天才少年，能夠以一人之力躲開部隊的追捕，可是背叛主人的下場就是要死！但如果你肯乖乖就範，我可以給你死得痛快一點。」蒙面黑衣男逐步靠近溫德倫。

被逼得無處可逃、只能背靠牆身的溫德倫，思考著要如何脫身。「手上之物絕不能交給面前的惡人，因為這關乎到整個世界的安危。」溫德倫在心裏堅持著這番話。

蒙面黑衣男開始局部變身，撕破遮蓋的面紗，露出嘴角的黑痣。下身變成擁有彷似血獸般矯健的雙腿，雖然被擁有彈性的黑色衣服覆蓋著，但是緊貼的布料依然突顯出了強韌的肌肉。

「可惡……難道我……歐世遷正一王八蛋！」溫德倫怒吼著。

雖然自己研究過不少有關生物基因進化的計劃，也創造出不少異物怪獸，但當怪物在自己面前張牙舞爪形成一種生命威脅時，溫德倫的內心依然不禁恐懼起來。

「還指望會有人來救你嗎？太愚笨了吧！」嘴角有痣的男人輕蔑著溫德倫的生命。

視線往時代廣場的地下看去，目測距離地面至少有二百米，溫德倫深知就這樣跳下去一定必死無疑，但已經無計可施。他打算著從天台不管一切地跳下去。剎那間，一種衝力擦過，令他自己失去了平衡，然而手中的銀色密碼箱隨即被奪了去。

嘴角有痣的男人把自己的手變成可以自由伸縮長短的怪異手臂，瞬間把溫德倫手中握緊的銀色密碼箱搶到自己手上。然而失去平衡感的溫德倫卻不慎失足，從時代廣場的天台直線掉下去。

掉落的瞬間只有短短的數秒鐘，溫德倫徹底地拋棄了過去的憤世怨恨，再沒有任何悔恨地閉上雙眼，迎接自己即將來臨的死亡。

「嗖！」掠過之聲響……

熙來攘往的街道上，驚異險象使人們的視線隨著由上而下，從仰望天空的方向降至地面，發出慌忙尖叫之驚嚇聲。嘴角有痣的男人再次遮蓋起臉容，轉身拔足而逃。

第三十章　一音縱橫

銅鑼灣的時代廣場被譽為香港的動脈地標之一，巨型的電視螢幕播放著新聞時事，街道上的霓虹燈正在閃耀。一個在時代廣場頂層天台拔足而逃、拼命奔走的蒙面黑衣人，手持著一個刻印有危險警告標籤的銀色密碼箱。

步速腳法快異得驚人，他呼嚕呼嚕急速地喘著氣，迅速環視四周。從天台上望下來，眼下街道上有無數的人和汽車。時代廣場的最高點離地面至少有二百米，蒙面黑衣人不慌不懼，以一早架設好的鋼索繩，一瞬間便從時代廣場的天台滑行到對面的商業大廈天台。

他以敏捷的身手在著地的一刻，打了一個空翻。

「要儘快把這東西交給主人！」他滿懷自信地在口裏沉吟著。

這時候，一陣風「嗖」的一聲悄悄地吹拂而過。蒙面黑衣人感到有甚麼掠過自己，於是便向背後回首看去。

「那可是快要被抓去坐監牢的傢伙，才會說的台詞啊！」說話的人頭上戴著一頂黑色的紳士帽，臉上戴著一副設計充滿藝術氣息的面具，身穿黑色長褸，手持著一把似劍非劍、似鎗非鎗的長型東西。

兩個身穿黑衣的蒙面人對峙而立。

「你是來接應我的人嗎？」蒙面黑衣人問道。

另一方戴著帽的面具人沒作回應。蒙面黑衣人感到對方存在敵意，遂架起姿勢，準備以武力回應。戴著帽的面具人，只見他優雅地把雙手稍微提起，並把那長型的東西擺近到嘴巴前，那把長型東西發出簡潔而有力的單音簫聲。蒙面黑衣人聽見簫聲後，臉容頓時變得痛苦扭曲，銀色密碼箱掉在地上，雙手捂住雙耳。

「那不是武器……是……」蒙面黑衣人非常痛苦，並發出呻吟聲，倒地掙扎。

來不及變身成怪獸異物，在倒下並要失去知覺前的一刻間，蒙面黑衣人用盡最後的力氣伸手出去，像是以乞求憐憫的姿勢向面具人求饒。

雖然真正的臉容藏在那冰冷的面具下，可是也藏不住他眼神裏對罪惡的痛惡，也蓋不住他骨子裏散發著的一股剛烈正氣。他正是——歐世遷！

「人類擅自研發出這種危險的東西，把惡靈賦予牠們使其進化，牠們已經是超越了人類的存在。繼續悠悠地過著每一天吧！你們這種傲慢之輩，沒有權利去擁有幸福這種感情！你稍後也陪我一起下地獄吧！」黑衣人用盡最後力氣咬舌自盡，那是他最後的手段。

阻止不及，眼見失去了一個重要線索，世遷上前揭開黑衣人的蒙面布，查探對方的真實面貌。然而黑衣人的真面目卻使世遷震驚著：「這家伙是……孫葵英以前的……」

訝異的瞬間，更重要的是後面的東西，因此世遷轉身停步在銀色密碼箱前，凝視著眼前的箱子，並小心翼翼地拾起檢視前後。一番查看過後，不祥的預感衝擊五官。

果然守護者的直覺是準確的，突然間，冷透心骨的氣息後撲而來，是濃列的殺意，還是陰寒的冷風？意識到生命危機的瞬間，歐世遷龍泉在握，意發簧鳴，音化利刃，轉身即是——「一音縱橫」！

一音縱橫，氣勁滙聚，單音之擊化成金黃色的氣勁利刃把身後異物一分為二，一瞬斃命。餘勁直衝天際，雲霄裂半。斃命瞬間，異物屍首裂開倒地，徹底的破壞力使異物不能再生，一道黑影從異物體內消散成霧，灰飛煙滅。

自得音樂力量以來，歐世遷第一次毫不留情地擊殺對手，沒有任何迷惘的一音之擊。深知面對此物不能留手，歐世遷凝視著面前的異物屍體，佈滿鮮血且噁心的內臟遍落地上。

憑藉嗅覺敏銳的特點，之前被溫德倫所弄昏的特種部隊循著首領的氣味追捕至商業大廈的天台。部隊成員逐一變異，變成面目猙獰、彷若擁有三頭六臂和八足多爪的可怕生物，牠們發出令人心寒的嘶吼叫聲。那是已經失去了作為人類的心靈和意志，不過是一堆已經被魔鬼侵蝕了靈魂的怪異之物。

「嗷！吼！」發出如猛獸般的叫聲，異物令人膽戰心驚，恐怖氣氛麻痺人的感知，危機驟降。

然而，四面楚歌的歐世遷不慌不忙，意定氣沉，背上剎時展露出虛幻的翅膀，擺著冷傲之態，散發出凜然不可犯之威，強大氣息勢壓異物。

「這小子……」連耶魯斯也驚嘆著這種威壓之勢。

異物們張牙舞爪，致命壓迫就在一擁而上的撲面之際。只見歐世遷笙指緩動，意識靈催，龍泉之聲有如王者武喝，簧鳴交響所造成的極音是對面前惡者的懲罰，是天刑審判，更是斷絕生機！

死，是唯一的選擇，更是一種奢望。憤怒的歐世遷以強大力量化成極音，強行灌入異物的體內，護世使者誓要滅盡所有魔氛之氣。所有異物逐一慘烈地膨脹而爆體，血肉之軀承受不住極音攻擊，猛然爆裂後血灑遍地。躲藏在異物們體內的是邪魔靈魂，一道道黑影從異物體內消散成霧，一切煙消雲散，不復再來。

在保安局的局長辦公室室內，「嘖！」羅耀光咬牙切齒地討厭著，彷彿感應到甚麼似的。

驚心動魄的一戰宣洩了對朋友的愧疚，歐世遷儘管消滅了面前的敵人，但一切已經太遲了。失去的依然是失去了，來不及的話語只能埋首心坎。颼颼的風吹動起髮絲和衣襟，憂心忡忡的歐世遷不禁地將視線從天台上倏然移至遠方，遠眺著再一次充滿危機的香港。

另一邊廂，夜風吹拂，清涼在心。莉娜放學後趕快回到宿舍，靜待甜蜜的電話談情，凝視著眼前的手機一直等待著歐世遷的來電。可是整個晚上也沒有半分消息，意興闌珊的她只能望向窗外昏暗的景色嘆氣，是爽約的失望，是期待的落空，更是任由自己思緒沉澱下去的嗟嘆……

「他是個玩弄感情的人嗎？」

遠處一道神秘的黑影凝視著悶悶不樂的莉娜。

黑夜過去，兩個晨曦也過去……厚重得叫人不能呼吸的感覺，到處是遭受破壞而滿目瘡痍之景，淒厲的哀嚎叫聲圍繞著空間的四周，聞者只感傷和痛苦。

「這是地獄嗎？」滿身傷痕的青年如懺悔般地自言自語。

感覺不到半點因傷痕而帶來的痛楚，只有滿身拖欠著對人世愧疚的孽債。「所謂『萬般帶不走，唯有孽隨身』，就是這般意思嗎？」青年沉吟著、苦惱著。

忽然，驟見幾個著裝不同之人，從瓦礫中、火瓮中、深海中、土壤中，以各種形式的異態出現，緩慢怪異地爬行，逐步向青年而來。唯一共通的是牠們頭上都掛著一個裝置，彷似受到甚麼限制而痛苦得面容扭曲，全身皮膚潰爛得肉露白骨。牠們彷若活死人般的行屍走肉，逐步接近青年。

這個景象牽起了青年的不安，然而這份不安有了確切的輪廓。

「你們是……」青年的臉上盡是詫異之色。

「咩咩……囁囁……咯咯……哞哞……呱呱……嘎嘎……嘰嘰……嗷嗚……啞啞……呦呦……」各種不同的動物叫聲在青年的周身徘徊。雖不是人類的語言，但一切聲音彷若都在發出哀嚎。

逐漸清晰的是一張張陌生的潰爛臉孔。然而，面對如此景況，青年有著說不出的愧疚之意，這感覺有如錐心之痛。

「你們都是被我害死的生命……我……甚至連你們的姓名也不知道，只是當作實驗品……」青年抑壓著滿腔悔恨，擠出了話來。

走到他身旁的動物們，在那張早已潰爛不堪、難以辨識的臉容上，眼角流下了悲痛之淚。

「嗚嗚……」小孩的哭訴聲音吸引著青年回頭看去，轉身映入眼簾之景象，竟是最不願意回首的自己。

被欺負的小孩無助地坐在地上，沒有人在意自己的哭訴聲，哪怕是用盡全身的力氣也沒有回應。小孩的眼神由散渙漸變銳利。青年留意到這微小的變化是惡念源起的始初。

「呀！」青年激動地跪地仰天，長嘯之聲是後悔，是痛苦，是掙扎，更是赤裸裸地面對自己曾經犯下的罪孽。

忽然，虛幻的空間傳來一把善良的聲音，劃破了悲痛的吶喊：「年輕人，你有的是未來，把握改過自新的機會！歐世遷相信你，我也同樣！」

善良之聲再次喚醒了青年本來的良心，憐憫之情是作為人的本性。

「對不起……我沒能拯救你……」青年悔疚地飲泣著。

終於，仇放下，恨也放下。憤怒之火全熄滅了，善惡也懂了，靜止的心彷似使人拋下一身擔子，飄浮而失去重力的感覺令人再無拘束。

躺在床上昏睡的青年，正是從高二百米的時代廣場天台墮下的溫德倫。

一日前，在墮下的瞬間，溫德倫徹底地拋棄了過去的憤世怨恨，再沒有任何悔恨地閉上雙眼，迎接自己即將的死亡。就在身體即將墮地肢解的瞬間，從遠處徑直射來之物圍成圈形，圈之中央產生了一道彷若電流交織形成的傳輸空間，盛載著溫德倫的身體穿越過去。

「嗖！」一個掠過之聲響，溫德倫整個身體憑空消失。仔細一看，突如其來之物竟是二十一支長短不一的竹簧。完成傳輸之後，竹簧挾帶巧勁朝著上空衝天而去。

剛好到達，憑著直覺感知的歐世遷及時使用力量拯救了墮樓的溫德倫。迅速環視四周的環境，戴上面具的守護者作出了直覺的判斷，預測到敵人的逃走方向，隨即在耶魯斯力量的加持下，他背上化出一雙白色幻影翅膀，迅速往對面的商業大廈天台振翅飛去。

目擊此況的途人，頓時咋舌。然而，香港人當然會把景況拍下放到互聯網上，這件事情很快在社會中被散播和討論著。

回到現在，在床上醒來之人，緩緩地睜開雙眼。眼眸裏沒有怨，也沒有恨，已經再沒有甚麼仇需要報了。誠實面對自己比假裝更需要勇氣，溫德倫銘記Samson的說話，更感激歐世遷給予自己改過的機會。

「終於醒了嗎？天才！」是一把年輕男子的聲音。那種揶揄的論調，一聽便知道是歐世遷的聲音，但明顯是沒有惡意的關懷問語。

「正一王八蛋！」不遑多讓的溫德倫回敬著歐世遷。

沉寂一會兒，涼風從窗外吹入，撫平了二人的心。溫德倫率先開口說：「是羅耀光……一切的根源都是來自於他。」

管家敲響著門，捧著兩杯清水遞給二人，順便途聽事情的詳情。

「那些怪異之物是你弄出來的新玩意嗎？」世遷喝了一口清水然後淡然地問，彷彿不再感到任何驚奇。

「你認為呢？那種超越了人類改造基因的病毒，之前與純種異獸交手過的你應該能判別兩者之間的分別。那群可惡的傢伙相信已經被你打敗了，對吧！牠們是注射了病毒後再經羅耀光挑選的，過程加入了甚麼我便不得而知。」溫德倫解釋著，然後一口喝下管家遞過來的整杯清水。

「牠們並不是單純的生物體，這一點我很清楚，但是和你製造的怪物並不盡相同。」世遷續說。

「我是利用動物再合成病毒，但那是用人合成的。而那傢伙為了救我，卻被那群怪物……」德倫哽咽著，話語顯得吞吐，手指用力握緊水杯。

三人為Samson的喪命沉默了。

呼！嘆出心中之氣，調整好思緒，世遷續說：「那首領是孫葵英以前的部下吧！交手時我感覺到那是摻雜了邪魔氣息的靈魂，已經不再是人類了。」

「你知道孫葵英還活著嗎？」德倫問道。

「嗯……但沒有看見他有甚麼動作。」世遷彷似唾棄般說。

「這個人非常深沉，我感覺到他一直在盤算著甚麼似的。」溫德倫的腦海裏浮現出孫葵英的樣子。

「暫時別管他了，那個銀色箱裏面裝著的是甚麼？」世遷的神色驟變凝重地問。

「是血清！是可以把病毒清除的解藥。」溫德倫解釋。

「太好了！那便不用擔心甚麼了。」管家面露笑容，大聲蓋過二人的說話。

「別開心得太早，你們有吃過魚類或其他海鮮嗎？」溫德倫的眼神變得異常認真起來。

「怎麼了？」管家被溫德倫突如其來的認真問題嚇到。

「那是始初的試驗病毒，利用魚類放回海洋散播開去，但那是不穩定的，傷害性也不及現在的大。」德倫解釋。

「難怪之前海水會有惡臭。對吧，吃了那些魚或海鮮都會產生異變吧！」世遷眉心一推，語重心長地說。

「吓？不是吧！」管家感到十分驚訝。反觀世遷卻異常冷靜，彷似有很大的把握解決問題。

「銀色箱內除了血清，也有一部小型儀器能檢測毒素，稍後替你們作檢查。」溫德倫續說。

歐世遷嘴角一翹，一臉「我早就猜到」的樣子。

一會兒後，歐世遷把撿回來的銀色密碼箱交給溫德倫，然後三人坐在客廳研究著接下來該怎樣做。溫德倫輸入密碼，打開銀色箱，裏面藏著三支血清和一個小型檢測裝置。他把小型檢測裝置放在茶几上，接著像個中醫師般為病人逐個把脈探病，測試他們有沒有中毒。

折騰一番過後，歐世遷的檢測結果是零，而管家的檢測結果是輕微。溫德倫對於世遷的檢測結果感到訝異，遂說：「怎麼會有人是零？難道你從來也不吃魚類或海鮮嗎？」

看到溫德倫驚訝的樣子，世遷忽然偷笑起來說：「我的飲食比較挑揀！對的，我不喜歡吃魚類或海鮮，而且當之前感覺到事情不對勁的時候，我也叮囑管家不要再進食相關的食物。不過在我叮囑之前，管家已經吃過了，所以他才會有輕微中毒，但我相信這種程度應該不至於會異變吧！」

「嘩！你這個壞心眼的傢伙，虧我平時對你這麼好……」管家假裝傷心地說。

看見他們主僕二人的溫馨場面，溫德倫心裏不禁也羨慕著這種生活，遂說：「OK，那我先為老伯注射少量血清吧！不過……」德倫面有難色，似乎有難言之隱。

「怎麼？」管家忽然又緊張起來。

「地下實驗室已經被摧毀了，所以血清只剩下面前的三支，我相信不久後羅耀光便會開啟全面的同化計劃。假如身體吸收了一定份量的病毒，並在某種特定機制下被開啟，人類便會全部變成異獸怪物，那就是有如電影中的喪屍一樣，屆時全香港會在一夜間淪陷。」溫德倫憂心地說出關鍵問題。

溫德倫提及的地下實驗室勾起了世遷的好奇，遂問：「你口中說的地下實驗室，實際是在哪裏？」管家也抱著同樣的疑問。

「那是在一個隱蔽屋苑的地底，是個像幾個球場般大的地底秘密之所。」德倫憑記憶描述著。

聽到這番說話後，歐世遷和管家的臉色明顯變得難看起來，二人的視線互相對望，他們都在互相猜想，對方是否同樣想著那個地方。

「是老爺以前的軍火庫……」管家率先把說話從口裏漏了出來。

「這樣一來我便弄明白了，當時魂鷹社瓦解的時候，我和媽媽把軍火轉賣給了各國政府，那個時候的羅耀光很可能已經有問題，應該是他把軍火庫改成地下實驗室，研發出可怕的病毒。但……」世遷嘗試梳理事情邏輯並分析著，然而不經意間道出的「媽媽」兩字，讓他心生驚恐。

「我聽說英國一方也有為羅耀光提供協助，但實際情況我就不得而知了，因為那個人非常能夠守秘密。」溫德倫續說。

「英國……難道……」世遷握緊雙拳，內心強壓著的悶鬱感越發增大，遂咬齒沉吟著。

管家凝視著世遷，留意到他表情的變化。

整理一連串的消息，歐世遷的眼神驟變銳利，遂彷若宣言般說道：「接下來我們要做好最壞打算，我估計香港將會發生浩劫，那我們便要立即著手計劃下一步的行動！」

在歐世遷的帶領下，他們到底能否逆轉劣勢？故事即將進入最後高潮！

第三十一章 魔禍天劫

二零三六年三月下旬，歐世遷等人計劃了一連串的佈局。

第一步：未雨綢繆。立即準備足夠血清，讓中毒之人能夠在災後獲救。

第二步：因時制宜。溫德倫秘密回到兒時的孤兒院，並把其當作暫時性的研究基地，躲避耳目追殺，並同時疏散院內所有人到其他安全的地方去。另外，歐世遷特別吩咐管家，在這段時間要以其精湛的鎗法護持溫德倫至魔禍完結，保溫德倫的性命安全。

第三步：引蛇出洞。引出幕後兇手，拔魔根，誅惡心。歐世遷知道羅耀光不過是表面，底下是何方妖物仍是謎團。

血清方面，由於得到歐世遷的神力協助，以音韻之力催化藥劑加速形成，所以血清在一星期內便達到了足夠醫治整個城市的數量。然而，世遷卻因此內耗，所以需要休養一段時日。

在這段休養的時日裏，世遷不時會獨自閒逛，在香港四處遊走。管家只知道世遷想自己專心安排疏散孤兒院和保護溫德倫之事，所以也沒有過問世遷平日的去向。

三個星期後的香港國際機場，一架私人飛機昂然降落，停泊在機庫內。

呈田字型的五人行走陣式，四角包圍著中間的人，想必是一個重要的大人物吧！其他四個都是眼神精悍、身型健壯之士，前面是兩名女性，而後面是兩名男性。

「請進入！」通過一連串的高度保安系統，最後一道防線發出了歡迎的辭令。

前面兩名女性替中間的大人物開門，那個人的身上散發著不畏不懼的氣息，一種身經百戰的感覺給此人增添了沉穩的威嚴。

「英國那邊已經全部準備妥當，只待你下一步行動。你答應過我的事也是時候了吧，局長！」那大人物坐下來，用威嚴的口吻向保安局局長羅耀光說。

泰然自若的羅耀光氣定神閒，完全不受對方的威壓，反以輕蔑且睥睨之態說：「是何時你們人類從奴隸中解放了？你在英國的成就也不過是我的恩賜，跪伏於我吧，姚彩妍！」

出身政治世家的姚彩妍一生縱橫商界江湖，面對這種侮辱的說話和輕蔑的眼神，她非常憤怒。對方高傲的論調一改以往沉穩的感覺，突然的變化讓姚彩妍心生懷疑。

姚彩妍沉著怒氣，嘴角一翹，以同樣的眼神看向羅耀光說：「是嗎？地下研究室被毀的那筆帳我已經不追究，那是我讓你把魂鷹社的軍火庫改裝，你才得以一直進行計劃。現在竟敢對我頤指氣使，是誰給你這顆鐵膽？好吧，那英國的貨全線銷毀好了，反正我也不在乎，而你的夢也可以提早清醒！」

被姚彩妍的說話挑起了一絲火花，羅耀光咬牙切齒，表情明顯急躁起來。「人類，別給我囂張！」羅耀光用力拍響桌檯怒斥。

姚彩妍的手指作出輕微的動作。「呯！」一下鎗聲響起，佇立在姚彩妍身後的其中一名鎗手突然向羅耀光轟了一鎗，剎時四圍空間都充滿著肅殺的氣氛。

姚彩妍若無其事地安坐著，只見羅耀光的肩膀被子彈穿過，流著紅色的鮮血，但他的臉容彷彿完全感覺不到絲毫痛楚。

羅耀光目無表情地看著眼前的姚彩妍說：「這算是甚麼意思？」

「就是想看看你到底是何物？」姚彩妍淡然地說。

剛才被子彈造成的傷口逐漸恢復，羅耀光的臉容開始變異扭曲起來。就在此時，「呯！呯！」連續兩下的鎗聲再度響起，姚彩妍身後的另外兩名手下向著羅耀光的身體先後射擊。被兩顆子彈穿過後，羅耀光的胸口流出鮮血。

「紅色的血……看來物理攻擊依然能對你造成傷害吧！」姚彩妍不畏不懼、冷靜地觀察著說。

羅耀光漸漸按捺不住魔心怒火，傷口在恢復的一瞬，說話聲線也驟變怪異：「低賤的人類竟敢放肆！」

抓緊傷口恢復的時間差，姚彩妍身後的四名手下同時無情地用鎗向著羅耀光的身體連續齊發掃射，擊殺面前之人。多發子彈造成的傷害令羅耀光漸感痛楚，他面容扭曲地說：「可惡的人類，今日就讓你們感受地獄般的可怕！」

「啪叻！啪叻！……」除了頭部，身體各處都開始扭曲變異起來，羅耀光彷若一隻昆蟲正準備脫皮而出，恐怖威壓令空氣凝固。

「果然你也是個變異體！」姚彩妍一副早有預料的樣子。

四名手下繼續用鎗向羅耀光連環掃射，起初敵人感到痛楚，但瞬間他便開始適應，並無間斷地恢復，直至耗光彈藥……

「怎會？神經斷裂彈竟然不能殺死你，你到底是甚麼……」姚彩妍的內心感到驚訝並開始動搖，她後退了幾步。

「吾是滅世之魔，也就是人類口中所說的魔鬼！」魔鬼身高約一點三米，有如孩童一般，但長相極其醜陋，一雙有如蒼蠅的複眼，利刃般尖銳的獠牙，身體覆蓋著呈橙黑色的鱗片。牠行走步徑熟悉環境，看起來就是已成完全體的魔鬼。

「這絕對不是由病毒進化出來的玩意！」姚彩妍驚訝著。

「訝異嗎？在測度吾嗎？」魔鬼睥睨一切。

感到處於下風的姚彩妍再次後退了幾步，而四名手下則擋在她的前面，架起備戰的姿勢。

「嗖！」魔鬼從背部突然伸出四隻滑潺且滿佈鱗片的長觸手，用力一下插入四名手下的體內並吸乾他們的血液。甚至連他們的骨頭也被吸收過去，化成了魔鬼的養份。呈橙黑色的鱗片發出了閃爍的光芒，四人的生命瞬間變成了魔鬼的糧食，地上只剩下四具已分不清是男或是女的乾癟皮囊。

姚彩妍被眼前之景嚇得後退，貼緊在牆壁上，抖顫的手從衣袋中拿出一把女性專用的小型手鎗，並瞄準魔鬼的頭部應聲轟下。

「嘭！」特製強化的神經斷裂彈只有一發護命，姚彩妍正中紅心，擊中魔鬼頭部，在其醜陋的臉上轟開了一個大孔。姚彩妍把握空檔打算迅速逃離房間，可是只差半步，她的右腳不慎被魔鬼的觸手抓住，整個人頓時失去了平衡感，應聲倒下。

身體被可伸縮的觸手拖拉至魔鬼的面前，那猙獰的恐怖之貌近距離映入姚彩妍的眼簾。然而一代梟雄之妻又怎會就此向眼前魔物屈服，一雙白皙的手用力握實，她在奪命的魔爪中掙扎著。

彷若享受著弱者的掙扎，魔鬼的觸手越發用力地把姚彩妍的身體牢牢箍緊，內臟受強大外力的壓迫，使她的臉容逐漸發紫，只能勉強咽得一口氣。為了存活，姚彩妍不惜一切也決要令眼前的魔鬼受傷，於是她用盡剩餘的力氣張開自己的口，利用牙齒用力地向著魔鬼的觸手啃咬下去。

「吼！」魔鬼發出痛苦的叫聲，然後觸手用力地把姚彩妍的身體拋到牆上。頭部因受到猛烈的撞擊，姚彩妍的意識開始模糊起來。

就在眼睛即將閉合的一瞬間，身體裏彷彿被甚麼強行進入，令其痛苦不堪，全身不停地猛烈痙攣抽搐。魔鬼化出幼小的觸手從姚彩妍的口、耳和鼻孔穿入其身體內，意識被佔據的一瞬盡是與家人的畫面，放不下的就只有親情，擔心著兒子的安危。

觸手佔據了姚彩妍的身體並將其撐浮在半空中，她的臉上七孔流血，狀態恐怖。就在意識即將消散的一刻，身體已經再沒有自主的能力去作出任何的抵抗……

吸收了眾多人類的生命精華，並從羅耀光身體脫皮而出的魔鬼，已經成為了完全體的存在。這一刻的牠已不再需要依賴任何生物寄生，牠保持著可怕的樣貌和姿態暴走著，把整座政府大樓在一瞬間破壞得徹底，來不及產生害怕的人已經死傷慘重。

魔鬼掠過之處盡是屍體，然而一直暴走至大樓的天台，魔鬼環視著香港的四周，並從羅耀光、Samson和姚彩妍的記憶裏知道自己唯一的大敵便是那個叫做歐世遷的人，於是學懂了人類的思維和說話方式的魔鬼開始籌謀著最後一步的行動。

「沒有生命能夠抵抗吾的意思！吾是你們的主人，成為吾的奴隸吧！」魔鬼發出猙獰恐怖的邪惡笑聲。

悶雷不絕，海浪掀起狂濤，魔鬼展開無數的觸手在大樓的天台，以雜亂無章的方式撥動著。本來和平的金鐘街道上隨處都是車輛和密集的人流，不明所以的行人只見天上忽然降下黑色的水點。然而被水點沾染到的人，皮膚逐漸發黑，呼吸困難，街道上的人全部突然倒在地上，展露出痛苦扭曲的臉容。全身發燒彷彿身體的血管都在膨脹又收縮，人們都失去了自控的能力，然後每張臉孔都逐漸變成猙獰的鬼臉。

坐在私家車裏面的人，僥倖避開了黑色水點的侵襲，但是僥倖只是一時，並沒有一輩子的運氣。政府大樓附近的馬路上，開始出現不斷撞車的交通意外，受感染了的人身體開始不由自主地暴走起來，並以怪異的步姿衝出馬路，胡亂攻擊途人和一切。私家車躲避不及接二連三地相撞起來，爆炸所產生的火焰逐漸把本來和平的城市焚燒起來。

欣賞著人類變成異物後自相殘殺，魔鬼猖狂的蔑笑之聲彷彿在嘲弄和蔑視著人類的存在。不費吹灰之力，一夕間魔鬼便把金鐘這個地方變成人間煉獄。

末日與恐怖，降臨人世！

第三十二章 異物

【特別新聞報道】今日下午傍晚時分，政府大樓發生爆炸引致火災，而附近交通出現大規模的意外。同時，現場出現很多發狂暴徒，並四處破壞。警方和消防員接報後，到場發現現場有大量死傷者，並以武力制服發狂的暴徒。警方一度拉起防線，禁止任何人接近該區。

不同的新聞消息在網絡和電視上被大肆報導著，不論是在上班工作的、在上學的人，還是做著各式各樣事情的人，都差不多在同一時間留意到相關的報導內容。

在藝術學校，樂器的練習聲也因此停住了，正在上課的學生也對網絡上的突發新聞議論紛紛。音樂廳內的同學都圍在一起，看著同一部手機的螢幕。

「這是暴動嗎？」依楠緊張得手也抖顫起來。

「應該沒有事情吧……」

「我們快收拾好東西離開吧！政府大樓就在學校附近，免得一會兒殃及池魚。」

「嘩！那群暴徒是像電影中的喪屍一樣嗎？他們會咬人嗎？」

「沒關係吧？繼續練琴啦！」

每個同學各有想法，突然地板傳出猛烈的震盪，搖動了天真想法的眾人。

「是甚麼情況？」

「難道是禍延到來了嗎？」

數分鐘前，無數的黑色觸手在天空揮動漫舞，但只能到達某種高度便被甚麼抵擋著似的，魔鬼疑惑起來。

「是甚麼在阻擋著？難道是吾的力量不足？要魔化全部人類單靠地面那些未成為完全體的初生異獸實在太慢了！」高速收起觸手，魔鬼打算改以吶喊聲喚醒潛在人體內的毒魔元素，那些曾經進食過受感染魚類海鮮或是注射過毒素的人，只要被聲音激發便會進入狂徒狀態。

鬼哭狼嚎之聲響徹四周。然而在政府大樓地面上，有更多的人聽到吶喊聲而被激發起毒魔元素，成為狂徒狀態。他們四處暴走破壞，用味覺便感知眼前之物是否同類，未被激發者將會被狂徒感染。街道上一片混亂，血肉模糊的畫面比比皆是。

「燃燒吧！破壞吧！啃咬吧！就讓這個地方血流成河，一夜便可摧毀你們這種生物的文明！」

眼前盡是血河火海，然而魔鬼依然覺得摧毀香港不足趣味，惡意滿滿、興味盎然地將其殺意提升。於是牠的背上長出一雙黑色翅膀，縱身躍上天空，進一步提升攻擊。魔鬼再次伸出無數的觸手，並配合吶喊聲增加魔靈威力襲往四周，打算擴大感染範圍。

忽然！一道燦然的金光衝天而出，形成呈三角金字塔般的結界包圍著整個香港，並以強大的和諧之聲抵消了所有惡意的攻擊。

「呯……嘭……呯……」

所有攻擊開始無效，魔鬼勃然大怒，並增強攻勢繼續嘗試突破結界。無數觸手合成起來，力聚一點務求一舉突破。兩者碰撞形成轟天巨響，可是結界牢固得不可撼動，讓魔鬼落敗而回。

「一定是那個叫歐世遷的人類在阻礙我！」怒極的魔鬼從Samson的記憶中得知世遷的能力，也從姚彩妍的記憶中知道他最重視的人——藤原莉娜。於是魔鬼的視線瞄準著不遠處的，藝術學校。

有如昆蟲般的矯健雙腿用力落地，把建築物的天台地面也壓碎並陷落。衝擊之力令藝術學校的五樓天花出現了新的裂紋，並產生強烈的震盪。

「吼……嗄……呀……」

魔鬼發出莫名的狂喊，體內化出一個又一個身高約五十厘米、長相有如蟑螂般醜陋的異物，並施以號令使其攻擊校內之人，然後搜索出藤原莉娜。跟隨著吶喊聲的引導，變成狂徒狀態的人從街道的四面八方蜂擁而聚，緊隨魔鬼的方向一同襲往藝術學校。

本來閒著沒事幹待下班的管理員，從控制室內的攝錄鏡頭看到有大批動作怪異的人和異物從四方八面向學校圍攏過來，於是按下了警報鐘聲，並各自迅速地跑往學校地下大堂鎖起玻璃幕門。

這種大規模的包圍侵襲是學校前所未有的事情。消息傳遍了整座學校的每一個角落，老師、學生和辦公室內的行政人員都人心惶惶，縱使報警求助但電話線路一直未能接通，有如世界末日的恐怖感覺籠罩著所有人的心。

正身處在藝術學校的莉娜環視四周，熟悉的危機感纏繞著自己的思緒，一種很想救助別人的念頭剎那掠過，於是本能驅使著她堅強起來，她腳步飛快地跑到二樓的平台。那個位置有如校內置中的地方，是個十分有利於演講的位置，莉娜提高嗓子呼籲著學校裏的所有人要冷靜。

「這種情況下我們都快要往生了還怎樣冷靜？」

「我還年輕不想死啊！」

「我暑假還打算去日本旅遊的啊！」

……

聽到莉娜的宣言，眾人都紛紛鼓躁起來，爭先恐後地互相推搡，情況十分混亂。眾說紛紜的吵鬧聲掩蓋了莉娜的宣言，一種無力感讓她意識到自己人微力薄，根本就無能為力。就在莉娜眼睜睜地看著爭吵中的人群時，吵鬧的聲音瞬間被一把熟悉的男聲突然劃破。

「閉嘴！」一破溫情之格，以嚴肅的聲線呵斥，盡顯雄風之威，那是許思源。他跑到二樓的平台站在莉娜的身旁，許思源的出現令莉娜感覺到莫名的欣慰。

「你怎會在這裏出現？」莉娜感到愕然。

「雖然我們分開了一段時間，但最近社會發生的事情總令我擔心著。剛好我就在學校裏，本來打算找你好好傾談一番，可惜遇上了這種突發的事情……」思源解釋著。

「我明白了，謝謝你！這事情就先放在一旁吧，重要的是先解決面前的問題！」莉娜的眼神驟變銳利地說。

多一個人支持自己，就等於添多一份力量，莉娜再次拾起堅強的信心，二人合力勸說鼓噪的眾人先找尋安全的位置躲藏起來。學校外的玻璃門前聚集了一群面目猙獰的狂徒。滿佈鮮血的口腔裏，牙齒間依然殘留著啃咬過的肉塊，牠們不斷用力發狂，以頭、手和身體衝擊著玻璃幕門。

「那玻璃門撐不了多久了！」思源臉上出現了不安的神色。

莉娜立即望向地面左右兩邊的玻璃幕門，大量狂徒持續撞擊，欲推倒玻璃。終於，玻璃門的裂紋逐漸擴大至無法承受的程度，發出「啪嚦！」的聲響。

「跑！快跑往樓上！」莉娜和思源同時吶喊著。

驚惶的尖叫聲遍佈全校，眾人都爭先恐後地擠滿學校各處的梯級。縱使莉娜和思源二人積極疏散人群，但二人之力依然微薄。學校的管理員用盡力氣，用手撐住玻璃幕門，可是外面的狂徒人數實在太多了。

玻璃幕門應聲而爆，面目猙獰且變異的狂徒人類一湧而上。有走避不及的管理員和學生不幸被狂徒撲倒，縱使他們用力掙扎，但依然逃不開死亡的厄運，全都在痛苦呻吟。他們的身體瞬間被咬破，發生猛烈的痙攣，然後變成了紅色的爛肉塊倒地死去。

許思源見狀立刻帶領著莉娜前往其他地方躲避，希望支撐到有人前來救援。學校大堂一片混亂，異變的狂徒四處破壞，更利用牙齒啃咬面前的獵物，被咬的隨著時間推移而通通都會變成他們的一員。

逃命之際，學校各個樓層的課室、練習室和舞蹈鏡房等，通通都被倖存的人擠滿了。所有的人都把門牢牢地鎖上，儘管外面有其他人在求救，他們都不願意開門拯救其他的生命。畢竟，人就是自私的，每個人都只想確保自己身處在安全的位置，任誰也不想冒著生命危險去挑戰面前的索命惡魔。

「開門！求求你們開門給我進去！」有走避不及的男同學雙腳跪在課室的門前，祈求著裏面的人讓自己進入。

「開門啦！這是人命呀！」

「傻的嗎？一開門那些喪屍就會衝進來，我才不要呢！」

「你們怎可以如此殘忍，見死不救？」

「快開門吧！」

「不要！千萬不要！」

正當課室內的人在拉扯著人性的抉擇時，長相有如蟑螂般醜陋的異物朝著課室的方向走近。

「這又是甚麼怪物啊？」從課室的門窗看出去的同學驚慌地說。

被拒絕於門外的男同學回首一看，怪物已經向自己的方向步近，於是他驚恐得淚流滿面，甚至連褲檔也濕了。

「救命啊！」男同學絕望地發出悲傷的求救聲。

求救的聲響引來了更多異變的狂徒人類，瞬間蟻聚成群。恐怖絕望當前，任誰的身心都在抖顫。

就在男同學即將喪命之時，「掩護我！」一把女性聲音劃破黑暗絕望的局勢，眾人的視線朝著聲音方向望去。

一對白皙纖幼的手揮靈如灑地舞動著二十一弦的古箏，以琴身作武器逐一擊倒眼前的敵人，藤原莉娜以女性之軀和勇敢的氣魄救場。被堅硬的木製古箏重擊頭部和身體，狂徒和蟑螂異物被橫掃倒地。莉娜為男同學覓得一線生機。

「快逃！」莉娜凜然地英武一喝！

凝視著眼前的莉娜，判若兩人的性格令許思源無法想像眼前之人是如此強韌，他打從心底裏感到吃驚。

「這就是本來的你嗎？」思源看到這份強大的勇氣，搖頭輕嘆自己的無知。然後，他隨意拿起擺放在牆角的掃把作武器，便加入戰場掩護莉娜。

縱使失去了過往的記憶，但骨子裏仍然蘊藏著正氣的藤原莉娜，以單槍匹馬之力擊退了幾隻狂徒異物，可是女性的力氣依然是敵不過魔物持續性的蠻力。加上失去了洛斯達的地下之神力量，莉娜開始力有不逮，攻擊動作漸顯緩慢，力度也開始變弱。

「如果這個琴能夠發出強大的音擊力量就好了……」莉娜汗流滿面、喘著氣說著。

莉娜的救助為男同學取得逃命的生機，趁著空檔，課室內的人開門給那男同學進入。

「嗄！他們的數量太多了……先退到安全的地方吧！」思源手握著掃把喘著氣說。

「這種情況根本就沒有安全的地方！」莉娜開始萌生消極的想法。

即使受到二人的攻擊，但狂徒和異物的攻勢依然沒有減退半分，狂徒雖然沒有異物的恢復能力，但是排山倒海的攻勢卻漸漸消磨了思源和莉娜的體力。

漸感體力不支的莉娜，雙手開始因疲勞而抖顫起來，因手滑抓不緊而使得琴掉落在地。就在藤原莉娜分神的瞬間，四隻蟑螂異物抓緊機會，分別上前捉住莉娜的手和腳，然後從背後揚出一對翅膀拍翼飛往空中，縱身離去。

「莉娜……」思源大聲疾呼，然而寡不敵眾的他只能眼睜睜地看著莉娜被蟑螂異物捉走。

此時此刻在許思源的眼前，就只剩下絕望和怒氣，他握緊掃把向著無數的狂徒和異物揮舞過去，直至他消失在敵人的圍獵當中。

第三十三章 情・敵・戰

天空染上了一片可怕的紫色，雲層中傳來連綿不絕的悶雷聲響，周圍充斥著怪異的空氣。彷彿感應到有甚麼正在衝擊一樣，不完整的龍泉笙抖動著。佇立在大廈天台的歐世遷仰望著灰暗的天空口中沉吟：「終於出現了吧……」

「看來這場災難是無可避免的。」耶魯斯說。

「唉……」一聲悶嘆道出萬般無奈，握緊雙拳是憤慨著那些執迷不悟的罪惡。

凝視四周空間，心痛著這個地方再次充滿惡意，世遷果斷地發送了一條訊息給管家和溫德倫。

凜然轉身，黑色長褸因風吹起而飄逸，冰冷的面具帶著一種神秘又熟悉的感覺。背後的守護者決意用笙樂之力再次消滅罪惡。

「就讓我助你一臂之力吧！」耶魯斯說。

語音剛落，一股強大無比的力量匯聚身體，歐世遷的背上突然幻化出一雙散發白色光芒的羽翼。他閉上雙眼感受著這股新力量，瞬間身體縱身一躍飛上天空，穿過雲層直達惡靈所在之地。

異變的狂徒在金鐘和灣仔一帶肆意破壞，到處都是零星的玻璃碎片和因汽車爆炸產生的火焰。不少人連逃跑的時間都沒有，就那樣被撕破成碎片，被擊倒在地上，鮮血染紅了整條街道。前所未見的可怕景況令香港市民頓時陷入了恐慌，而且恐怖還在持續地升級。異變狂徒隨著氣味追獵著逃命的市民，在變成狂徒的初期，人的視力會大幅下降，但嗅覺就會變得異常敏銳，而且身體肌肉更會一瞬爆發出強大的韌力，成為一頭充滿獸性的暴走狂徒。

「要開始了！」管家和溫德倫同時收到由歐世遷發送過來的訊息。

二人穿上特製的防暴衣，那是德倫研發出來的保護衣物。雖然面對人類從未觸及過的魔鬼可能也無法抵禦攻擊，但是面對在異變第一階段的狂徒還是能夠起到一定的防護作用。

「時間緊迫，我暫時只能夠做出這種程度的防護衣物，假如那些異變的人進入第二階段的話，我們也得小心一些！」溫德倫向管家解釋。

「也不錯了！總比沒有保護的好。」管家調侃著。

「嘖，你這個老伯！」溫德倫不屑地別過臉去。

他們打開車尾箱，裏面有幾箱血清存放著，而且還準備了多一套後備的防暴衣。

「一切都準備好了嗎，德倫？」一把已有歲月且親切的女性聲音向著溫德倫說，那是孤兒院的陳姑娘。

「嗯！放心，我去了！這間孤兒院的小孩，還有你和這個世界，我都會保護著！」溫德倫報以堅毅且銳利的眼神，滿懷自信地向陳姑娘承諾。

「用你的知識守護世界吧！我知道你一定會做得到。老伯，這孩子就交你了！」陳姑娘相信著溫德倫的決心，也把這位天才託付給管家。

孤兒院的所有人凝視著賓利房車絕塵而去，並為朝著四伏的危機決戰的二人，默默地祈求著他們能夠平安回來。

另一邊廂，由於異變狂徒和蟑螂異物的強橫破壞，人類內心因恐懼而造成的自私，換來異物們對人類最大的擊破點。藝術學院在短短一小時內全面淪陷，屍橫遍野是可以預測到的畫面，但更駭人驚聞的是那些由人類異變的狂徒竟然在四處不斷啃咬著那些屍體，從而感染它們。可怕的蟑螂異物在四處遊逛巡邏，搜查著剩餘的生還者，欲把其消滅。

日常充滿著各式各樣不同樂聲的校園大堂，在此時此刻只聞惡魔的嘶吼，不見人類的低語，現場一片狼藉。

「嗄……嗄……」勉強地壓抑著自己急促的呼吸聲，許思源逃跑到藝術學院門外的一處暗角躲藏起來。他的心臟如鐘聲般高聲敲起，抖顫的雙手依然牢牢地握緊著那支護命的掃把，無數的血液沾滿在掃把的手柄上，那已經分不清是屬於敵人的還是自己的濃烈惡臭腥味，令自己作嘔。

作為一個油畫家，許思源生於小康家庭。從小只是憧憬著自己將來成為一個不折不扣的藝術家，可是執筆之手現在卻拿著護命的掃把。是命運的捉弄還是生命的歷練？思源已經分不清楚眼前的環境是夢境還是真實。縱使拼命地逃出了校園的範圍，但是附近依然充斥著不少數量的異變狂徒，牠們能夠憑藉著氣味來追蹤獵物。思源靠在牆壁的後面窺視著四處的狀況，可是眼前再沒有任何的生還者，除了狂徒外，有的也不過是躺在平地上的屍體和受到感染而漸漸變異、緩緩地甦醒過來的初段狂徒。

面對眼前寡不敵眾的絕望景象，加上失去了藤原莉娜，許思源的求生意志逐漸消散，不禁放棄了求存的掙扎，說出了喪志的話來。

「沒救了，這種事情是浩劫……不！是末日……所有人也只有一條死路！」思源無力地流下了最後的眼淚，雙手緩緩地放開那支護命的掃把。掃把應聲掉落在瀝青的地上，發出了「啪啦」的聲響。聲音迅速吸引了一眾狂徒和蟑螂異物的視線，索命危機逐步逼近，思源雙膝跪地等待著邪魔異物前來終結自己的生命。

狂徒夾雜異物一湧而上，猙獰的臉孔比比皆是，映入眼簾的盡是煞星魔物。張牙舞爪的蟑螂異物從遠處疾衝而來，狂徒亦張開血盆大口撲向思源。

祈求著神明拯救是奢侈的想法，無力反抗的感覺讓思源終於放棄了掙扎，安然地合上雙眼準備迎接死亡的來臨。

「嘶沙！」異物發出向獵物奪命前的低沉叫聲。致命的圍殺一躍而上，就在身體即將要被撕破的瞬間，腥臭的血液潑灑滿面，睜眼之景竟是，自己的下意識反應動作。

無常索命的攻擊，遇上頑強的抵抗！生死就在眉梢之間的許思源奮力抬舉掃把，在喪命之際絕地抵抗，是不甘，更是不願就此終結自己的生命旅途！許思源下意識用手緊握掃把，並抵擋著剛才的一波攻勢。身體自行的判斷動作比自己的大腦運作還要來得快。

「這是遇到危機時下意識的保護機制嗎？」思源驚訝著自己有這種舉動的同時，手中握著的掃把突然彷似被某股力量操控著般，讓思源不由自主地猛力反推敵人，瞬間把狂徒異物們轟飛。

「這是怎麼一回事？我怎麼會有這種力量？」思源不明所以地凝視著自己的雙手，為剛才的反擊感到吃驚。

突然，強風吹拂，忽遠忽近的和簧之聲捲耳襲來，令持邪惡氣息之物心旌搖曳，魔物視線一同朝著聲音方向看去。

來人步履飄然，氣度恢弘，一道熟悉的身影從迷霧裏逐漸清晰。眼前橫空現世之人絕非易然，狂徒和蟑螂異物的殺意充斥在天地之間。

「他是……那時候的……」思源訝異沉吟的同時，腦海裏回憶著，當時說著一堆莫名其妙的晦氣說話，用力撥開自己的手，然後轉身離去的那位青年的樣貌。

「難道他便是？」許思源好像瞬間明白了甚麼似的，目瞪口呆。笙簧之聲的出現為陷入危機之人換得一線生機，到底戰鬥樂聲能否喚回陷危者的生存意志？

第三十四章　魔音鳴琴

在音樂廳內，被蟑螂異物的觸鬚束縛著的莉娜，身體不能動彈。近距離接觸這種醜陋得令人噁心的東西，任誰也會毛骨悚然。

佇立在眼前之物，擁有一雙如蒼蠅般的複眼、利刃般尖銳的獠牙，身體覆蓋著呈橙黑色的鱗片，但身高卻比自己矮小。莉娜強忍著內心的恐懼，直視面前的魔鬼。

魔鬼突然伸長頸椎，作出了不自然的動作觀察莉娜的樣貌，牠思考著人類之間的微妙。

「難怪……」魔鬼說出人類的語言，令莉娜訝異。

「你這個醜八怪快點放開我！」莉娜一邊掙扎，一邊罵斥。

「噓……吾正在欣賞你的美貌，同時思考著一個問題。」魔鬼淡然地說。

「我管你在思考甚麼，快給老娘鬆綁啊！否則後果自負！」莉娜再次展露出女漢子的性格，挫魔鬼的嚣張。

「用你們人類的語言，這種態度應該叫做牙尖嘴利嗎？倘若你真的變成牙尖嘴利的模樣，可能他會更喜歡你……」醜陋的魔鬼臉上流露著邪惡的笑容，似乎計謀著甚麼。

「他……」莉娜受魔鬼說話的影響，然而腦海浮現出的影像卻不是許思源，而是歐世遷。

猝不及防的瞬間，耳和口都被各種粗幼的滑潺觸手強行進入，反胃作嘔的感覺令莉娜痛不欲生。快要窒息的感覺令她眼前一片黑暗，彷彿身體瞬間被甚麼佔據了一樣。在自主意識消失前的一刻，腦海最後的影像就只剩下歐世遷前來營救自己的幻象，然後一切感覺都變得虛無，最後連痛也感覺不到。

另一邊廂，越發瞭然的距離使樣貌逐漸顯現。面具能夠遮蓋部分的臉容，但卻掩蓋不到他身上所散發出的強者氣息。只見神秘的面具人雙手箕張，數支竹簧從笙斗中疾射而出，交錯縱橫，形成一道天幕結界，內力意識催動簧片震動，使其發出聯鳴和響。笙簧聲嘯挾帶威壓之勢，使得狂徒異物全然不能動彈，魔氣妖物瞬間跪伏。

「這……」不可思議的畫面出現在許思源的眼前，面具人逐步走近自己。

「莉娜呢？」面具人嚴肅地向許思源問道。

這把聲音不會錯了！那個時候的青年原來是歐世遷！許思源在心裏確認著面前這個戴著面具之人的身份。

「你是歐世遷，對吧？」許思源衝口而出。

沒有理會對方的提問，面具人再次加強語氣說：「我是問莉娜呢？」

被這種強勢的語調壓到，許思源半蹲在地上，不禁流下男兒之淚，哽咽著向面具人交代事情的來龍去脈。

當一切了然，笙簧樂者擲下冰冷面具，使之掉在地上發出「啪嘞」的聲響，這吸引了低頭且消沉的許思源看去。歐世遷以真面目示人，並伸出友誼之手欲扶起對方，許思源一時感到錯愕。

「來吧，我們一起拯救莉娜！」世遷堅定不移地說。

儘管是同一個人，但面前的人此時此刻有著不同的神態、不同的氣勢，而一身稚氣被卸下。面前的青年散發著一夫當關的王者氣息，眼眉沉斂，神色幽深，剛正的氣概凜然不畏。他正是手握笙簧、傲立魔前而不露一絲懼色的不世強人和背後的守護者——歐世遷！

「蟑螂異物和完全體狂徒必須殺之，否則後患無窮！初段和二段狂徒可洗滌潔淨。」耶魯斯突然衝口而出提示。

「明白！」世遷斷然回答。

笙簧和聲有判別邪氣之妙，持續的奏鳴令蟑螂異物和完全體狂徒因受不住罡氣之響而膨脹爆體死亡。然而，陷於初段和二段的狂徒卻因和聲洗滌，體內的魔靈毒素逐漸消散，尖銳的獠牙和突然變得粗壯的肌肉及毛孔，也漸漸收縮起來，恢復成人類的模樣，昏倒在地上。

「這是甚麼奇怪力量？」思源驚嘆著面前的景況。

「進去吧，把元兇揪出來算帳！」世遷挺起胸膛筆直地步入藝術學校的大堂內。思源亦握緊著自己手上那護命掃把，緊隨世遷的步伐進入，拯救藤原莉娜。

早已在行動前互有連結的手機定位，讓賓利汽車準確地停泊在藝術學校的附近，管家和溫德倫排除萬難越過警方防線才能夠到達，他們把握時間迅速提著血清跑往藝術學校方向。到達之時，眼前血肉模糊的景況令人慘不忍睹。可是，在到處散落的腥血肉塊當中，地上卻倒臥著不少恢復成人類模樣的身體。

「這是少爺救回的人嗎？」管家沉吟著。

有著研究病毒經驗的溫德倫一眼便洞悉事情，他果斷地判別出眼前倒下的人已經變回人類的狀態。然而，狂徒人數眾多，漏網之魚在暗角蠢蠢欲動，管家和溫德倫合力制服剩餘未成完全體的狂徒，並順利把血清注入牠們的體內，使狂徒們逐漸失去了攻擊的惡念，漸漸恢復成人類的模樣。

一切事情進行得順利，盡在他們的拯救計劃當中。

畫面一轉，胸有成竹的歐世遷帶領著初遇惡難的許思源逐步踏上藝術學校的樓梯，校內一片狼藉，被狂徒和蟑螂異物所擊殺的屍體被撕成碎片，鮮血與內臟橫飛一地。

血煙飄飛，呈現一片淒慘的景象。隨著龍泉笙的感應和引導靈力，二人朝著混雜濃烈死亡氣味的音樂廳方向前進。途經各處的蟑螂異物和狂徒彷彿都像感應到威脅一般，相繼從四面八方匯聚起來，向二人撲殺過去。

縱然擁有耶魯斯所賜的力量，但分散了的竹簧使力量分散，敵方持續的攻擊令世遷開始頓感壓力，拖慢了前行的腳步。眼花繚亂是因為面前的妖魔敵海，逆流而上卻是背後的守護信念！腳前的每一步都是彷若開疆拓土，局勢逐漸變得舉步維艱。

「這種程度還不足以讓我失敗！」歐世遷以強橫堅定的意識催動笙簧，滅魔樂聲掃盪萬千惡念，他怒吼著。

雖然自己擅長的不是音樂方面，但素有認識的許思源也留意到世遷所用的笙彷彿欠缺了幾支竹簧，他不明所以，只見一直奮戰的世遷開始力有不逮。

就在思源思考問題的瞬間，忽然一股沛然力量由下而上，灌入了自己的雙腳直至全身，彷似操控著自己的動作般，思源再一次揮灑如靈地舞動著手上的護命掃把，猶如武者一般擊退四處的異物狂徒。

「他怎會有這種力量？」世遷從眼角餘光留意到，並驚嘆著思源的戰鬥方式。

得到許思源莫名其妙的協助，歐世遷順利壓制和擊殺校內所有的狂徒和蟑螂異物。

眼前的音樂廳散發出濃烈且恐怖的懾人氣息。二人交換著眼神，屏息靜氣地逐步走近音樂廳。

一陣陣若隱若現的古箏聲和鋼琴聲從音樂廳裏傳出門外，樂聲隨著腳步的走近而逐漸變得清晰。

「是……莉娜……在彈琴嗎？」思源開始驚慌得連說話也抖顫起來。

「不！這種試琴的技巧，絕不是她現在的造詣。但是……」世遷留心細聽且皺著眉說。

「但是甚麼？」思源緊張地追問。

「但是這種風格的確又存有少許她的味道……」世遷亦一副疑惑之貌，不解箇中原因。

「吓！琴聲都有味道？」思源尷尬地疑問著。

世遷睥睨著思源，默不作聲。

「怎麼了？」思源天真好奇地問。

世遷搖搖頭彷若唾棄般說：「唉……唔好咁多嘢問啦！音樂嘅事你唔明㗎啦，啍啍先入去睇下咩料啦！」

詭異的琴聲勾起了二人的好奇心，然而輕力推開音樂廳的門，裏面左右兩邊各有通道。二人交換眼神，分開左右進入，準備揭開內裏之秘密。

越發清晰的琴聲引起了他們的不安。然而這份不安有了確切的輪廓。思源雖然握緊掃把當作武器，但身體依然按捺不住害怕而抖顫著；身經百戰的世遷雖不畏戰，但熟悉的鬼詭琴音卻令他心生悸動。

「奇怪，怎麼琴音的彈奏技巧會在一陣子裏越來越成熟？」世遷訝異著，在心裏唸唸有詞。

二人終於步出兩旁的迴廊到達音樂廳內，在舞台的中央只擺放著一部古箏和三角鋼琴。然而，樂聲依然持續奏響，但卻不見任何演奏者的蹤影，只見古箏的琴弦和鋼琴的琴鍵在不斷自動彈撥。

「這是……甚麼鬼怪在操控著嗎？」詭異的景況有如置身於恐怖電影當中，許思源語帶顫慄的聲音倏然遠去。歐世遷眉心一推，凝視著面前的古箏。

忽然，一道強烈的殺氣撲面而來，猝不及防的瞬間，思源已被一條透明無色的觸手纏繞著頸項並被拉吊到半空。他用力握著那看不見的觸手痛苦掙扎，雙腳離地只能胡亂揮踢。

出其不意的來襲令世遷頓感錯愕，面前看不見任何異物作怪，只見被凌空吊起、奄奄一息的思源在痛苦掙扎。

「是懂得隱形的魔怪嗎？」沉吟之際，世遷閉上雙眼嘗試以心代目，感受邪惡氣息。睜眼瞬間，靈識催動竹簧高速旋動，化成有如迴力刀一樣的攻擊方式切斷了透明的觸手，思源立刻被鬆縛獲救，「噗通」掉下落地。

「喂，沒大礙吧！」世遷連忙上前扶起思源問道。

「沒……事……」思源撫摸著因勒緊而發脹腫紅的頸項，咳嗽著說。

歐世遷握緊雙拳，蒸騰出深藏已久的熾熱怒氣，緩緩地從下而上掃視上空，威壓的眼神震懾四周。

透明的狀態逐漸退去，露出一身橙黑色鱗片，擁有蒼蠅的複眼和利刃般尖銳的獠牙，魔鬼如蜘蛛般黏伏在音樂廳的天花板，朝著歐世遷張牙舞爪。

「小心！」歐世遷猛然用力推開許思源，而自己卻被強勁的著地震盪力震開，並在地上翻滾了幾圈，龍泉笙失落在一旁的地上。

魔鬼用力縱身一躍，嬌小的身軀也能輕易造成地陷三尺，破裂的地板翻起了沙塵，影響了二人的視線。

「我們終於見面了，歐世遷！」魔鬼以人類的語言，俯視著倒地的世遷，擺出一副輕蔑的姿態。

用手撐起身體但頓感右腳劇痛，世遷單膝跪下，驚覺右腳大腿已被破裂的木梢刺穿，腥紅血液隨之流出，痛楚令其身體不能動彈。

索命魔鬼逼命在前，受傷的歐世遷和許思源生命危在旦夕……

第三十五章　殞落之摯

魔鬼真身乍現，吸收了眾多人類的能量之後，體積已經變得比之前的更大，達致了一個成年人的高度。加上歐世遷受腿傷，這眼前的一切令許思源不知所措。

「莉娜在哪裏？」世遷強挺傷勢站起來喝道。

看見敵人焦急的樣子，魔鬼露出變態且可怕的笑聲，嘲諷著對方。

「可惡！」世遷咬牙切齒，強忍著大腿的痛楚，擺弄出召回龍泉笙的姿態。

「近距離面對你，吾感受到寄居在你身體內的力量泉源，這種氣息果不其然令吾很憤怒，很想舔你的血、啃你的骨！這是吾體內每一顆細胞的慾望。」魔鬼說著一堆令世遷摸不著頭腦和感覺噁心的說話。

有欠完整的龍泉笙，因斗孔漏氣從而不能以自然之力奏鳴笙響，世遷只能以意識催動每支竹簧，用作聲樂攻擊。

留意到世遷手上的樂器有欠完整，魔鬼聯想起之前天上出現的一道燦然金光形成的結界，以強大的和諧之聲抵消了所有的惡意攻擊，那阻礙自己的人就肯定是歐世遷。

「那道和聲結界就是你！阻礙吾的人都要死。既然你以這種方式決鬥，吾也用這種方式來殺死你！」語音剛落，冷肅氣息變得狂暴，魔鬼伸長觸手把古箏拉扯到自己的面前用作攻擊武器，並以讀取莉娜的記憶為輔，奏出極具破壞力的可怕音擊力量。

雙方對峙而立，肅殺之意膨脹至頂點，就在眼神接觸的一瞬，笙鳴琴嘯的力量碰撞出了震耳欲聾的巨響，音起音落之間所產生的衝擊氣流把許思源也吹飛一旁。

古箏發出的聲響摻雜著些許莉娜的風格味道，對於莉娜的了解，世上沒有人比歐世遷更清楚。

「怎會？」世遷訝異著。

以音碰音，以聲和響，戰鬥翻騰的瞬間，世遷已拆百音。留意到魔鬼能夠藉著戰鬥中瞬間提升奏樂技巧和增強力量，世遷決定速戰速決。

魔鬼雖然強大，但是面對歐世遷這種不世奇才，比拼樂技令其戰況處於下風，壓力欺身。

感到對方的力量稍微變弱，世遷捉住魔鬼回氣的時間差，覷準勝機，強挺傷勢，務求一擊必殺，遂以意念催動出最強極音——一音縱橫！縱橫極音挾帶催山裂海之威，強大威力勢不可擋。就在魔鬼即將伏誅的一刻，孰悉的臉孔煞停了最後一擊。

藤原莉娜的相貌竟浮現在魔鬼的臉上。

訝異景象映入眼簾，歐世遷急收極音，宏大力量反衝入體內震盪臟腑，頓時遭受重創，即見嘔紅。魔鬼變成藤原莉娜的樣子令世遷和思源感到莫名絕望，被自己的力量反衝而遭轟飛重傷，歐世遷敗局已定。

音樂廳的四周被鬼與神的力量摧殘得不堪入目，陷入頹勢的歐世遷在地上痛苦地掙扎蠕動。

就在魔鬼打算伸出觸手刺穿世遷身體的一瞬間……

音樂廳響起了「呯」一下的鎗聲。觸手瞬間斷裂落地，是溫德倫和管家及時趕到救援。

「少爺，你怎麼了？」管家連忙跑上前扶起世遷問道。

奄奄一息的歐世遷快要連說話的力氣都沒有了，於是溫德倫立刻為世遷注射了止痛劑，減輕他的痛楚。

看見二人突然進來攪局，魔鬼感到莫名的憤怒。然而，溫德倫的出現更挑起了牠深切的怒火，遂責聲說道：「嘖！是溫德倫，你這個叛徒竟然還存活著！」

背著魔鬼的方向，溫德倫果斷地說：「卸下了羅耀光的皮囊，這就是你的真面目嗎？」

「哼！很可惜歐世遷沒能成功消滅吾，就當作是你們死亡前的慰藉吧，吾就送一份大禮給你們，而且是送二加一！」魔鬼集一身魔靈之力，分裂出兩具人型物體。牠們先後從魔鬼的腹部緩緩地爬行出來，首先出現的是一個具備女性特徵，並摻雜了男性特徵和強橫肌肉的混合型異物。雖然面相模糊且可怕，但從異物的輪廓中，他們卻感受到一種熟悉的感覺。

「很熟眼吧？」魔鬼輕蔑地說。

此刻驚愕和絕望的表情都出現在歐世遷、管家和溫德倫的臉上，思源不明所以。

「這是……這是太太！」

「這是那傢伙……是那個胖子！」

「媽！……」

三人各自嘴角沉吟和絕望著。

然後第二具人型物體從魔鬼腹部爬出，這一刻思源終於明白到底是怎樣一回事。

「莉……」思源因眼前絕望的景象而害怕得連說話都不能完整，雙腳即時乏力跪地。

「呀！……」歐世遷痛苦得面容扭曲，並吶喊著。

「這就是吾的合成傑作，牠們是吾新的奴隸！」魔鬼發出嬌俏邪惡的喝聲，是興味盎然的滿滿惡意，伴隨著絕望的吶喊聲，逼出守護者之淚。

「那夢是真的……」世遷茫然地記起之前經常做過的噩夢。失去了戰鬥意志的世遷，雙眼變得空洞無物，絕望感已經讓他失去了掙扎的氣力。

「喂！清醒啊，小伙子！」耶魯斯在世遷的意識裏不斷呼喚著他，但依然無果。

「吾之寵物，吾之奴隸，快殺死這群該死礙事的賤物！」

混合異物是由Samson的屍體和姚彩妍的身體混合而成，摻雜了魔鬼的魔靈毒素，成為了一頭雌雄同體的怪物。而後面的則是被魔靈毒素所影響而變異成狂徒的藤原莉娜。

混合異物衝向眾人，管家抱著世遷及時避開，然而溫德倫卻被強橫的衝擊力擦傷了肩膀。佇立一旁的思源嚇得瞠目結舌，不能動彈。

「事情怎會變成這樣？」溫德倫按捺著擦傷的肩膀說。

「少爺！少爺！」管家不斷搖晃著世遷的身體，並呼叫著他的名字，嘗試喚醒他的求生意志，但悲痛至極的歐世遷已經一沉不起。面對如此狀況，任誰也控制不了自己的情緒。

管家和溫德倫合力分散和抵擋混合異物，管家不停呼喊著姚彩妍的名字，但是異物卻沒有半點反應，換來的只是更強烈的反攻。

Samson是在溫德倫生命裏給予他機會和捨身救他之人，面對著眼前異物，溫德倫悔疚不已，一心只想為其解脫。

「你不是已經死了嗎？為何要以這種姿勢復活在我的面前？為何要這麼殘忍……」德倫一邊躲避攻擊，一邊哭道。

混合異物沒有半點猶疑，攻擊動作只是單純地按照魔鬼的指示，擊殺眼前礙事的人。

「看來是喚不回來了……對不起，太太！」管家自言自語，彷若懺悔著，並打算放棄勸喻。他握緊著手鎗，準備瞄準眼前異物。

變成狂徒的莉娜是散發著邪惡氣息的行屍走肉，彷若被眼前之人吸引著，牠緩緩地以全身不自然的步姿朝世遷的方向走近。本來一排齊整且潔白的牙齒變成尖銳的獠牙，清秀的美媚臉蛋變成了駭人的爛面怪相。

凝視著眼前的景況，出現在世遷腦海裏的盡是一連串人生畫面的走馬燈。

「快逃！」溫德倫和管家齊聲喝道。

「是我沒有好好守護著你，是我沒有……」世遷倔強地緊咬著下唇，面上露出了悲傷欲絕的神色，雙腳無力地跪在地上，淌下眼淚，悔疚著自己的無能。

就在狂徒莉娜準備撲殺過去的時候，一股勁風拂臉而過，稍微抖動了世遷絕望的內心。一道身影縱身而過，用那支護世掃把擋下了致命一擊。

「起身快逃！莉娜，你也給我適可而止啊！」許思源豁出一切，欲以凡人肉身抵擋著狂徒莉娜的廝殺暴咬。

可是變異後的莉娜體力大增，甚至比一個男人所發出的氣力還要強大，思源不敵莉娜蠻力，手中掃把應聲斷裂。「啪嘞！」掃把斷裂瞬間的失衡感令思源跌倒地上。

狂徒莉娜漠視思源，直接衝著世遷撲殺過去。雙眼都流露出彌留之際的絕望之淚，本以為一瞬即逝的生命，但瞬間一切都好像停頓了一樣。被咬破的頸上血管動脈、死亡的可怕、皮肉撕裂的痛，也不及內心的痛。

「怎……怎會是你……怎可以是……你……啊……」

歐世遷以最後的氣力抱緊著深愛的藤原莉娜，而自己的頸項卻被對方咬破而崩血。

「我今次……不會……再放開你了……」

歐世遷的頸項濺出大量血液，失血同時意識逐漸模糊，他閉上雙眼放棄垂死的掙扎，坦然接受著死亡降臨。

眼前再沒有阻礙自己的障礙，魔鬼邁開步伐，深沉地說：「身為擁有樂之神力的你，唯有待你身心受盡煎熬折磨，這樣吾才有把握送你上路！」

「樂之神力！？」劃破冷肅的一句話，已經再喚不回放棄了掙扎的歐世遷。失去戰意的他遭受致命的啃咬一擊，肉血飛濺換來狂徒莉娜眼前的一片紅霧。

隨即……

世遷的頸項滲出一道股燦然聖光將傷口癒合，並包圍著世遷及延伸到狂徒莉娜的身上。聖光拂揚，一股浩然正氣洗淨莉娜身上的魔靈邪穢，兩股力量相衝，讓莉娜痛苦地滾地掙扎。

「呀！」臉上的破爛皮膚和尖銳獠牙逐漸恢復成當初人類的面貌，膨脹的肌肉逐漸收縮，可怕的眼神逐漸變回溫和，身體各處恢復成最初的模樣，莉娜失去氣力昏倒在地上。

與此同時，一股黑氣幻影從思源的掃把中衝天而出，直接闖入了歐世遷的身體。本來奄奄一息，徘徊在死亡邊緣的世遷突然睜開雙眼，瞳孔不斷閃爍著顏色，身上傷口逐漸恢復。

「呀！」覺醒過來的一刻，全身充滿著源源不絕的力量，一把熟悉且久違的聲音從意識裏赫然冒出。

「臭小子，現在我把力量借給你，守護好藤原莉娜，守護好這片土地！」

「是洛斯達？」世遷驚訝著，但已經再沒有能浪費的時間。

得到耶魯斯和洛斯達的力量加持，感受著這股新力量，歐世遷的背上突然化出一對左右黑白的雄翼，神聖氣息盡顯天地合一。

從躺臥中緩緩地站立起來，「喝！」一聲是掌握著驚為天人力量的吶喊，此刻的歐世遷雙手箕張，受感召的龍泉笙剎時呼應，本來組成擎天結界的竹簧亦回流合一，完整笙簧散發出聖器護世之威。

因肌肉膨脹而衣服破爛的藤原莉娜顯得狼藉淒涼，世遷與思源交換眼神，明白箇中意思的思源及時上前照顧著莉娜。

「是甚麼在阻礙吾？一切都要消滅！」錯愕且憤怒的魔鬼指示混合異物上前撲殺。

放棄與溫德倫和管家糾纏，混合異物暴走衝擊，疾馳攻向世遷。

面對眼前異物，腦海浮現出母親姚彩妍和朋友Samson的影像，但作為守護者又怎能放任異物為禍人世。就在混合異物一躍撲殺之際，世遷龍泉在握，笙簧和聲抹殺魔靈毒素，強大聲響壓制了混合異物的動作，異物瞬間倒地掙扎，發出痛苦的悲鳴聲。

由於魔鬼在佔據和吸收姚彩妍的時候她是活體，而Samson是屍體，所以在失去魔靈毒素的控制時，兩者開始產生排斥。

混合異物一旦分體便不能再動作，作為天才科學家的溫德倫深知結果，更明白另一半的軀體還能夠及時挽救，唯有放棄已回天乏術的Samson。他遂大聲疾呼：「分解他們！」

心中早有定數的歐世遷不再糾結，當機立斷地揮動龍泉笙，意識催動簧鳴外，救母滅友之心令整把笙化出一道氣刃，把混合異物一分為二。

最終姚彩妍完好地恢復成人類的模樣倒在地上，管家立刻上前照顧。

分裂後的Samson只是一具沒靈魂、躺在地上即將完全死去且殘肢不全的行屍走肉。凝視著眼前奄奄一息的Samson行屍，溫德倫對牠口中發出那嘶嘶啞啞的呻吟聲感到揪心。彷若裂肺碎肝的行屍哀嚎，欲訴誰悲，又解何人之痛。溫德倫的腦海浮現出，當時被殘酷地殺害的Samson那張臨終的臉容。

「年輕人，你有的是未來，把握改過自新的機會！歐世遷相信你，我也同樣！」這番說話鼓勵著後輩，更以身作則彰顯著仁慈之心的Samson，他對於孤兒出身的溫德倫是有如父親般的存在。為救自己捨身成仁，死無全屍之下仍被魔鬼污辱屍體，利用殆盡。溫德倫的愧疚之心和孺慕之情瞬間無可壓抑，就在此時彷若喪父之痛的情感奔騰橫流，滿溢而出！

「呀！」長嘯吶喊，溫德倫勉強停住抖顫的手，用自製血清猛然插入Samson已腐爛的軀體。雖知回天乏術，但仍然希望為對方留下一份作為可敬烈士的尊嚴。

被血清所影響，Samson的屍軀在地上抖動抽搐，身上早已壞死的肌肉、腐爛的皮膚和眼睛瞳孔逐漸變回接近人類的狀態，然後慢慢地停下了抖顫，安靜地、有尊嚴地離開了這個世界……他是前警務處處長——陳洛文Samson。

「至少，讓你留下人類的面目，至少，可以讓你以前處長的身份光榮死去……」德倫抱著Samson的屍體飲泣成淚人。

目睹一切的魔鬼開始體會到自己的失敗是多麼徹底，一連串的攻擊和佈局接連失效，不知道是否受到羅耀光的記憶影響，連自己也被一種失落的情感影響，而停止了攻擊動作。

氣態超然的歐世遷凝神以待，魔鬼心知面對天地合一之威毫無勝算，唯有跪伏認敗。莉娜和姚彩妍先後甦醒過來，就在眾人都以為戰鬥告一段落之時，鎗鳴一聲，轟中的竟是，失去戰意的魔鬼！

熟悉的一道人影從音樂廳的暗角赫然乍現，震驚著在場的所有人。

「孫葵英！」管家和溫德倫驚愕地道出那個久違的名字。

歐世遷全神戒備，雙眉沉斂，凝視著久違的敵人。

第三十六章 陰陽噬魔

一瞬的震驚之後，尖銳的聲線刺向了眾人的耳朵。在場能喊出名字的管家和姚彩妍都與他再熟悉不過。

「他是誰？」許思源驚訝地問。

「他是以前香港黑幫葵英社的老大。」管家回應許思源的提問。

溫德倫把視線瞧向對話的二人。清醒後的莉娜首見孫葵英的樣子，頓時昏感襲身，思緒驟然混亂。

「孫葵英……到底發生了甚麼？」姚彩妍處於一副不明所以的混亂狀態，沉吟著。

就在眾人訝異著孫葵英的出現時，笙簧斜挑，方向直指孫葵英，歐世遷怒言不諱：「你就是背後佈局的元兇！」

沒有回答世遷的指控，一陣風勁掠過眾人，孫葵英赫然伸出長十米的手臂，貫穿了中彈跪伏地上且失去戰意的魔鬼。

「甚麼？」眾人異口同聲地喊出這句話來。

變化突然，「嘎！呀！」猝不及防的穿心一擊令魔鬼發出痛苦的叫聲，之後身體開始不由自主地抽搐，彷彿每一顆細胞都快要撕裂一樣，力量不斷流失，猛然傾瀉向孫葵英體內。

「是力量啊！原來這就是邪靈最強大的力量。」噁心且變態的樣子，沉醉在力量的氛圍中，孫葵英那張陽不陽、陰不陰的嘴臉逐漸變成怪異的模樣，身體肌肉一鼓作氣地膨脹成約六米高的龐大怪物。

「難道他使用了Tobier……」德倫吃驚地唸唸有詞。

頓時，所有人的氣息都變得紊亂，視線都一致望向溫德倫。

「Tobier？你是說第三階段的毒素？」姚彩妍的眼神對上溫德倫說。

「能夠隨意變換形態，剛才伸出來的長手就是最好的證明。但他為何能夠保持著自我意識？難道他與寄生體已經完全融合並進化了？」德倫顯露出前所未見的驚訝樣子，因為直至現時為止，他依然未有成功研發出能夠完全掌握這種毒素的解決方法。

管家驚嘆地說：「這到底算是甚麼時代？我真不敢相信這是現實……」

就在眾人咋舌且無力之際，一陣強大音勁力量響亮戰場，直衝孫葵英，將其貫穿破肚。

「以為變大了就有用嗎？你只是把我要攻擊的目標變得更容易吧了！」歐世遷囂張地說。

突如其來的音擊令眾人目瞪口呆，正當所有人都以為世遷即將勝利之時，吸收了魔鬼的孫葵英力量大增，並發出了震耳欲聾的吼叫聲，身體破穿的大洞瞬間恢復。然而一股莫名的狂猛邪魔之氣襲捲而來，恐怖威壓令在場眾人心懷驚懼，汗毛直豎。

「呼……這就是最無瑕的我，最瑰麗的姿態！」聲音響徹整片空間，有如誇耀一般宣言著。半人半魔的相貌、幼長的肢體、潺滑的皮膚，體型雖然膨脹變成六米之高，但從比例看依然是個修長且體型均稱的巨大魔物。

「吸收了那頭魔鬼，他卻還可以保留自我意識……」溫德倫對孫葵英的情況感到異常震驚。

歐世遷的視線在孫葵英和溫德倫之間不斷來回，從溫德倫的表情裏，世遷好像明白了甚麼似的，遂立刻催動竹簧以交錯縱橫之勢疾射過去，把異變的孫葵英穿插成稀巴爛的樣子。

「成功了……吧？」莉娜意識模糊地說。

眾人凝神以待。可是破碎一地的肉塊詭異地抖動，然後又再一次恢復起來。

「到底是怎麼一回事，歐世遷的攻擊怎麼會傷不到孫葵英分毫？」溫德倫思考著。

「我們……人類實在……太渺小了……世界要滅亡了……」思源抖顫著嘴巴說話，他的說話令在場的人感到挫敗和沮喪。

突然，一句說話劃破了眾人的絕望感。「不能放棄！我們能一同面對這種局面，必然是一種意義。」管家道出鼓勵人心的說話，稍稍挽回了眾人絕望的感覺。

可是，沉默良久的魔物孫葵英終於開口，那半人半魔的口音，實在叫人毛骨悚然：「現在我終於明白擁有這種不可思議的力量是怎樣一回事。歐世龍，不，應該稱呼你叫歐世遷才對。你是歐世鷹之子，但你卻沒有承繼父親的一切，你知道自己的出身是多讓人妒忌嗎？世上有很多人一生都在打拼，包括我和……他[9]，但你卻毫不珍惜，還得到了這種不可思議的力量。可惡！你們通通都很可惡！」

憤怒的孫葵英仰天咆哮，大地騰動，然後續說：「不過，你我之間實際沒甚麼大仇恨，是馬忠延那沒腦筋的大塊頭才與你這種小子計較，以他的智慧又怎有可能設局來殺害我和你這種人。所以呢，你不阻礙我的話，我今日就放過你們所有人。如何？」孫葵英向世遷提出條件。

「我的答案是……」歐世遷意識催動二十一支竹簧形成大圈環，以備戰姿勢回應孫葵英。

9 他：指林浩基，孫葵英年輕時的同性戀人。

「哦，那便不要怪我無情了！」話語未落，孫葵英立即向世遷展開更激烈的撲殺攻勢。招招索命，招招利害，左右手臂交替伸縮攻擊，逼得歐世遷毫無出招的時間。現場眾人四處慌忙躲避，戰況激烈。

得天地合融之力，加上堅定意志，傲立魔前的歐世遷毫不畏懼，凜然神色仍是睥睨。在前面兩次的攻擊估量到孫葵英大概的程度，在防禦之際暗中蓄力待發，務求以碾壓對方之力量，一擊挫敗孫葵英。

「一二、一二、一二、一二」如念拍子般在心裏沉吟，世遷留意到孫葵英的攻擊是有著一種次序模式，可能是未能完全適應魔鬼的力量。

歐世遷，孫葵英，生殺復往。

「就是這一刻！」覷準勝機，世遷把蓄力氣勁一音勁發！

滅魔之音，無形無相，強大力量壓頂而來！孫葵英被壓得全身趴地，不能動彈，身體逐漸塌散，竟現分離之象。

「嘎……我不能就此敗倒，我答應過他……我要成為控制世界的人！」孫葵英在地上痛苦哀鳴著。

執念是讓魔靈之物強大的來源，孫葵英抱著對林浩基的愛和執著，誓要成為世界的霸主，這份執念使他變得強大，這是他從過去到現在的向前動力。在不知不覺間，孫葵英內心的黑暗已經膨脹至無法挽回的程度。執念也讓他掙脫了強大的音勁攻擊，然而轉換著形態，背上長出一對魔鬼之翼，飛躍半空，六隻觸手張牙舞爪，漫天揮舞。

「這種轉換……」德倫驚訝得已經不能言語。

「真是一頭怪物！」思源的身體因害怕而抖顫得站立不穩。

管家亂鎗掃射，希望對孫葵英造成一點傷害，但是換來的卻是被伸長的觸手捉住，勒緊身體。

「林管家……」姚彩妍回望過去，大聲一喝。

瞬間就連姚彩妍、藤原莉娜、許思源和溫德倫，全部都被孫葵英的觸手勒緊捉住，失去活動自由。

「可惡！快放開他們。」世遷開始焦急起來，攻勢頓受制肘。

「你們就成為我的一部分吧！」孫葵英打算把眾人活生吞食，並吸收到自己的體內，轉化成能量。

眾人生命一瞬即逝，驚惶懼色彌留在面孔之上，是不敢面對死亡的來臨，更是不捨塵世未了之事。危急瞬間，仁慈底線被挑起一絲火花，守護者之心動起前所未有的殺念……

第三十七章 背後的守護者

「我從來……不想失去任何人……」

「所以……」

「別開玩笑了！你們一個都不能就此離開我！」從身體深處爆發出灼熱的狂怒，歐世遷頓時聽到自己正怒吼著。

不再保留，任憑激昂的怒氣滋長，瞳孔閃爍，背上之黑白雄翼振翅撥動，笙鳴氣震，風雲、大地、萬物氣息交織匯聚，無儔笙聲御萬物，正是響應著守護者的決心！強大意念與龍泉笙音融為一體，護持眾人最後一線生機。

無數竹簧化成氣刃音擊，把孫葵英的觸手瞬間碎斷，被捉住的眾人「噗通」倒地，及時獲救。龍泉笙應聲而起，聖光璨然，一股沛然正氣瀰漫四周。世遷握笙之勢，自有凜然不可犯之威。

「好冷冽的眼神！」詫異的臉色盡顯在孫葵英那張半人半魔的臉上。

合天上之神耶魯斯和地下神洛斯達的力量，歐世遷發揮出前所未有的強大和聲之力。黑白雄翼撥動，平浮半空架出不同姿勢，以強橫意識操控著這股力量，竹簧化萬千形成鎖陣，重重包圍著孫葵英那龐大的鬼靈身軀迴旋交錯，縱橫之勢發出融和音韻。

彷彿受到笙簧和響的影響，孫葵英的身體開始出現不受控制，再現分離之象。逐漸崩潰的身體出現溶化的狀態，被和聲所影響的細胞令兩者本來不同的身體構造出現排斥，孫葵英再也壓抑不住這股魔鬼力量了，溶解中的身體憑著執念而狂亂暴走。然而，合天地之威的竹簧鎖陣把其牢牢困著，兩者碰撞交擊，造成莫大氣流。

「一定要成功啊！」莉娜唸唸有詞。

「靠你了！歐世遷！」温德倫終於心悅誠服地認可著歐世遷的能力。

「加油，少爺！」管家為世遷打氣吶喊。

「收拾他吧！」思源用最大的力氣喊出這句話來。

「滅了這噩夢吧！兒子！」姚彩妍在心裏嚷著。

一音和響破魔氛，笙簧氣震顯縱橫。集合眾人的期望和託負，歐世遷將和聲之力催升至最大威力，一股無以倫比的力量衝入孫葵英的體內把其引爆，全身一瞬裂解分半，從半空轟然墜落。

各自失去半邊身體的孫葵英和魔鬼，躺在地上奄奄一息地蠕動著，並作出難看的姿態，發出慘痛的悲鳴聲。

「啊！……啊！……」

步姿飄然，徐徐落地，化去背上一對黑白雄翼，歐世遷停止了攻擊的狀態，逐漸恢復成普通人的模樣。

「成功了！」思源歡喜得大叫出來。可是，回應著他的卻是沉寂。眾人以可憐的眼神凝視著失敗了的孫葵英和魔鬼，但只有一人例外，她便是姚彩妍。

「他們已經沒救了……風蠋殘年之軀，只剩下半刻氣息。」溫德倫淡然地說出這句話來。

「哼！哈！啊！我終於可以和你相聚了！浩基……」孫葵英以訕笑自嘲的態度唸著遺言，然後繼續強挺力氣說：「你們也不要高興得太早，英國也快要淪陷！照我看，你們已經再無餘力阻止了……姚彩妍你同樣也是禍世罪人！……」語音未落，他身腐爛肉身作出抽搐抖動之態。

惱羞成怒的姚彩妍怒髮衝冠，一手奪去管家腰間上的防衛小刀，然後打算一刀終結孫葵英的性命。但，已經太遲了，這名奸險的陰陽奸人，曾經的葵英社老大已經斷氣身亡。

錯過了最佳的下手時間，被侵佔過的屈辱感令姚彩妍把失控的情緒發洩在孫葵英的屍體上，雙眼溢著狂亂，猛然揮刀用力狠插，欲把其碎屍萬斷。然而，眼角餘光留意到殘存一口氣的魔鬼，姚彩妍縱身撲殺過去，但被世遷及時阻止。

「別阻止我！我要殺死這賤妖魔物！」姚彩妍情緒失控。

「我說停止了！」世遷嚴肅地大聲喝止著姚彩妍的行為，這是他自出娘胎以來第一次如此喝令自己的母親。

管家連忙制止著失控的姚彩妍，一番扭鬥擾攘後，只見賓主二人互相擁抱，姚彩妍悔疚著自己錯出了一場亂世禍劫，因此痛哭成淚人。

佇立一旁的莉娜一直看著世遷的側面，默不作聲，臉上的表情彷若有著千言萬語，等待著大家互相訴說。

終結的落幕中整個殘破不碪的音樂廳充斥著傷悲。看著生命的消逝，歐世遷彷彿在瞬間明白了一些道理，人生再一次領略到一個層次。

「你們這些低下的人類……不能用這種眼神看吾……你們……可惡……可惡啊……」奄奄一息的魔鬼在那如蒼蠅的複眼中流出不明的淚液。

看到魔鬼徹底失敗的模樣，作為守護者，世遷並沒有感到半點高興，反而在情感上百般交集，同情之心讓自己嘆了一口氣，然後彷若唾棄般說道：「其實，你這傢伙是妒忌人類嗎？」

歐世遷這番說話觸動了魔鬼最深處的心坎，在牠的記憶裏，在最初擁有自我意識之時，已經是寄生在羅耀光身上的那段時間，不知道自己是從何而來，但卻經常莫名地懷著一種因怨恨和妒忌所產生出的憤怒感。牠從羅耀光的記憶裏知道，宿主和Samson是好友關係，那種自己從沒感受過的情感，魔鬼也想一嘗，所以把人類感染成狂徒異物也不過是想滿足自己的慾望而已。

羅耀光多次用自身意識壓抑魔鬼不能作出傷害朋友之事，但一直心存妒忌的魔鬼卻在Samson死後把其屍體吸收，並感染成異物，完全是出於一顆妒忌之心。

「可惡！可恨的歐世遷！」魔鬼虛弱地哽咽著說。

「你我之間本來就沒有任何仇恨，對吧？」世遷淡然地說。

「是嗎？但吾每一顆細胞都對你身體內的那位兄台有種無比的憤怒感。」魔鬼說出這番令世遷不解的話。

在意識空間裏，洛斯達看向耶魯斯。

「歐世遷，你打算如何處置牠？」溫德倫上前嚴肅地問。眾人把視線望向溫德倫，然後再落在世遷的身上。

正當世遷在思考著這個問題的時候，管家的一句話劃破了沉寂：「慢著，有件事情我想先說出來！」

眾人的視線回到管家身上。

「還記得孫葵英轟在這家伙身上的一鎗嗎？」管家說。

「當然。」世遷毅然地回答。

「溫德倫，你也應該有所察覺吧！」管家續說。

「你是指廢棄工廠大廈那一道莫名的鎗聲？」溫德倫回答。

這番話頓時令世遷記起當時的情形，還記得那時候的鎗聲是帶著厚重感覺，也帶著對父親「歐世鷹」剎那間的回憶，是被救助脫困的瞬間。

「那一下的轟鳴鎗聲，如果我沒猜錯的話，是孫葵英開的，他就是當時匿藏著的鎗手。」管家說出一個令人震驚的猜測。管家服務歐氏多年，對鎗械運用認識深刻，因此能推理出答案。

「助我、放我、救我、殺我……這……」世遷的臉容只能擠出無奈的苦笑。

苦笑過後，樂聲乍現。口不能言的情懷，欲訴誰悲。眾人沉默之際，只見守護者雙手握捧龍泉，鳴奏出久違的《撫靈曲》。音韻奏起，旋律滿載傷感平和，既沒有激情的節奏，也沒有躍動的音符，有的只是一大堆充滿思念情懷的音韻。

歐世遷這次的演繹更勝當年的初奏，如今的他情感更豐富，樂韻之間更具感染力。那是歷練了人生的種種才能奏出的味道，這不是單純苦練技術就能達到的造詣。

《撫靈曲》的淨化之音挾帶天地神力，揉合聖氣之笙簧聲衝天而出，覆蓋全球。清澈的樂韻洗滌了所有邪魔氣息，被濃霧所遮蓋的天空再現光輝，青草搖曳彷若向樹木彎腰微笑，萬物再次恢復生機。

在英國，受聖樂淨化，邪氣惡菌消失殆盡。完全體的狂徒異物卸去魔氛戾氣，靈魂終於獲得解脫。初階和二段狂徒身上的血管由噗通脈動，漸變平穩，全身肌肉退去發熱膨脹，本來眼球冒出的血絲、變得銳利的牙齒和逆豎的體毛也逐漸恢復正常。狂徒們從怪異的步姿恢復正常走態，禍世危機亦迎刃而解。

在音樂廳，變成異形的孫葵英屍體也恢復成人類的模樣死去，隨著樂聲的完結，一道燦然的聖光包覆著歐世遷和魔鬼，溫暖感覺夾雜即將分別的悲痛。

這份悲痛的夙願，深刻地傳達到每個人的身上。突然，意外的說話令莉娜一臉錯愕。

「喂！抱歉，上次沒能和你聊電話。倘若，還有如果的話我們再聽聽音樂會吧！」世遷臉上流露出一生以來最滿足的表情，向著莉娜坦言。

「你怎可以……這樣爽約……我不允許你就這樣爽約！」莉娜哽咽得無法再說下去，彷彿感到快要永遠失去歐世遷。

世遷聳了聳肩，遂以溫柔的眼神和一貫孩子氣的口吻說：「還有啊，我體內那黑色的傢伙託我對你說，珍重了！也許保持這樣的你會更幸福。」世遷也不經意地流露出了不捨的神色。

被命運作弄的兩人，因為守護者的責任而不能在一起。許思源懷著複雜的心情，凝視著這對苦命的鴛鴦，也徹底地無悔著自己的退出，他別臉過去吸啜鼻水。

歐世遷上前抱緊面前因掉淚而抖顫的女人和管家，感受最後的人間溫暖。然後，他逐一向溫德倫和許思源二人頷首道謝，感激著他們的協助，三人眼神交接，心神領會。

徐徐地走到魔鬼的身旁，歐世遷單膝蹲屈，環抱著奄奄一息的魔鬼，兩者身體開始化成光輝能量，並逐漸消散……

「這是甚麼？」魔鬼用最後的餘力勉強地擠出話來。

「是用生命轉化成能量，來吧，讓我帶你離開。」世遷溫柔地回答。

光輝耀目刺眼，在能量積聚到極限之時，一瞬強光讓所有人頓失視力，大家都用手擋在額前。

「歐世遷！……」莉娜勉強睜開眼睛，爭取些微的視線大聲喝道。

「再見了，各位！我永遠都愛著你們。」光輝消散的一刻，眾人只聽到世遷最後的這句說話，

然後一切都回歸平靜……

第三十八章（最終章）重新認識，從笙認識

這是甚麼地方？這是甚麼的感覺？為何會如此平靜……這就是人類所說的死亡嗎？時間彷似停止了流動，魔鬼在在一個不明的虛無空間飄浮著，思考著。

這種平靜很舒暢，這種平和感很安心……可以一直維持下去嗎？歐世遷的身體同時飄浮在另一個不明的虛無空間，乍看之下在遠處彷彿有個虛幻的沙灘。

「還不可以懶惰啊！這種平靜對於你來說還是言之尚早，今後所有事情都要重新開始。守護者的責任呢，你啊已經超額完成了。去吧！我的好伙伴，抓緊你的未來和幸福，我相信你一定可以做得到的。」一把熟悉且虛幻的聲音從空間的四周傳過來。

「耶魯斯！我們要分開了嗎？」世遷淌下不捨之淚說道。

「抱緊未來，活出自己的人生吧！」耶魯斯最後只留下這句話，然後眼前的一切便變得虛實交錯，四處空間在不斷扭曲，讓人頓失平衡感覺，世遷的身體被不明的力量拉扯到那彷似沙灘的位置，眼前只見一名老伯佇立著。

「這個人到底是？」世遷從一開始便留意到那老伯的存在。

「小伙子謹記，中不偏，庸不倚，中者天下之正道，庸者天下之定理。你帶給人們生存希望的同時，他們也可以帶給你生命之光。」說畢後，老伯也隨著空間消散而消失。

在另一個虛無空間，魔鬼的身軀逐漸化成粉狀再次消散，就在灰飛煙滅的最後一刻，牠只留下一句最真誠的話：「希望下輩子能夠感受到愛，便好了……」

然後，再沒有然後了。

幻境漸漸退去，不知道經歷了多久的時間。呼吸著濕潤的空氣，重力讓身體開始感到實在和自主感。歐世遷的身軀一點一滴，從光源能量聚集一起，直至完成整個過程。

在一片偌大的花叢中，碧綠的草木輕拂著清爽的海風，散發出的清甜香氣讓青年聳聳鼻子，他躺在草地上緩緩地睜開雙眼，映入眼簾的盡是一片蔚藍色的天空。

眼角依然殘留著濕潤的淚水，腦海中浮潛著一陣既熟悉又陌生的感覺，一直揮之不去。

「白天都在做同一個夢，我到底是怎麼了？」青年沉吟著。

二零四零年十二月，魔鬼作亂一事之後，歐世遷也隨之失去蹤影。除了當日身處音樂廳內的人知道事情始末外，從狂徒狀態甦醒過來的人，以及地球上所有人都失去了對當天發生事情的記憶，就好像魔鬼從來沒有出現過一樣。人類就這樣繼續幸福地度過了四年的時間，但這段日子對於仍然保留記憶的「他們」有著揮之不去的陰影。

走過這種經歷，任誰都不能輕易放下，失去了兒子、戀人、朋友，他們各自背負著不同的傷痛繼續向前走。

姚彩妍深感自己的罪過，因此決定徹底放下以前的執念，並以一名慈善家的身份四處捐獻，協助有需要的人和事，希望能夠減輕自己的罪孽感，同時也為失蹤的兒子積存一點福澤和傳揚他助人的理想。

經歷魔鬼一事之後，心力已經大不如前，加上年紀逐漸老邁，管家希望能夠過上些清閒的退休日子。因此如同個平凡的老人般，他有時在家中附近的公園散步做早操、喝早茶，甚至在閒餘的時間裏到老人院跟其他老輩談笑風生，在他們的面前分享有關於歐世遷這個青年行俠仗義的故事，這種奇幻又有趣的冒險事跡，雖然每次都會讓他們聽得津津有味和捧腹大笑，但藏在笑聲背後的卻是管家心裏無盡的傷感和思念。

溫德倫受到歐世遷和Samson的影響，終於徹底放下了曾經那顆復仇心。他痛恨著過去不知所謂的自己，因而決心實在地以自己的才智貢獻世界，並向警方自首重新回到監獄坐牢，承擔自己的過錯。溫德倫得到姚彩妍的關係和資源協助，刑期減輕。於是在出獄後的他重新做人，更不負Samson臨終所託，致力發展天才事業，更在世界各地的科技會議上宣告，將會在不久的將來開發出強大的遠航太空船，讓地球上的人類可以走遍全宇宙，實現宇宙一體化的宏大理想願景。

許思源，自魔鬼一事之後，他一夜成長，人生思維達到了另一階段，他深切地了解到能夠與藤原莉娜結伴的人始終就只有歐世遷，因為他們都是屬於同一個世界的人。思源的毅然退出和離開，是和平且理性的分開，沒有怨也沒有恨。因了解而分開是成熟的表現，思源人生的歷練豐富了，因此繪畫出來的每一幅都有如摻雜了感情的畫像，栩栩如生，藝術造詣更上層樓。不久後，他也成為了一個有名氣的畫家，更結識了一位外國著名的女設計師，二人迅速相戀、結婚，人生非常美滿。

至於我們的女主角藤原莉娜呢？

魔鬼一事之後，歐世遷的消失令藤原莉娜沉溺了很長一段時間。雖然作為過往擁有地下之神洛斯達力量的她失去了記憶，但在之後重新認識歐世遷的過程裏，她依然被對方那種莫名的魅力吸引著，在心底裏依然是記掛著世遷。莉娜為不讓愛自己的人失望，憑著個人的奮鬥最終在藝術學校成功畢業，因緣際會下成為了著名的古箏演奏家，年輕且略有成就的女性當然有著不少傾慕自己的裙下之臣，莉娜就在這種生活模式裏度過了四年。

十二月的聖誕節，依舊是歡樂處處，這種幸福的感覺擁抱著街道上的每一個人。一場藝術節展覽有著各式各樣的藝術展品，而當中最耀眼奪目的卻是由一位青年設計的小型古箏和古琴擺設，這些精緻的藝術品吸引了不少富豪收藏家的青睞。藝術節亦包含了音樂的表演，這一天香港大會堂即將舉行一場古箏音樂會，並由藤原莉娜作主奏。

這天晚上，會場內的人流熙來攘往，熱鬧氣氛讓人期待接下來的音樂會。姚彩妍、管家、溫德倫、許思源和他的妻子也不約而同地在會場出現，原來大家都是收到莉娜的邀請而來，所以五人很自然地便聚談起來。

姚彩妍從一開始便莫名地不喜歡莉娜這個女人。但是，見證到對方的努力和明瞭兒子對她的深沉的愛，姚彩妍對莉娜的態度逐漸改變。

而香港大會堂的門外，「唉……香港的冬天怎麼丁點寒冷感也沒有，全球暖化實在太嚴重了！」青年在口中唸唸碎詞地唾棄著，並把雙手插在褸袋，筆直地行走。

會場門外滿滿張貼著音樂會海報，青年停下腳步觀看，並吟著海報上的文字：「聖誕藝術節……古箏音樂會……藤原莉娜……」彷彿被海報內女主角的容貌吸引著，青年懷著好奇的心走近音樂會的會場，在門外一探究竟。

「嘩……真的是很多人在排隊呢！」

他徐徐地走到大會堂售票處的前面。「麻煩您，我想要一張即場『藤原莉娜古箏音樂會』的門票。」青年禮貌地說道。

突然一陣喧鬧聲從後傳來：「喂！排隊啦，乜你打尖咁無禮貌㗎！」

沐浴在大眾的視線下，青年回頭一看，發現後面有一條長長的隊龍，於是尷尬的氣氛籠罩著整個售票處。青年只好連忙說聲「不好意思」，然後硬著頭皮立即走到隊龍的最後排隊。

「為何這種情況好像似曾相識呢？」青年撫摸著下巴困惑著。

這陣子的喧鬧聲引來了溫德倫等人的目光，然而映入眼簾的畫面卻令眾人震驚。眾人視線循著喧鬧聲的方向看去，一道昂然熟悉的身影乍現，空氣彷彿在一瞬間變得厚重，千言萬語也道不盡這段埋藏四年的思念和感動。

管家：「是少爺……」

姚彩妍：「是兒子嗎？」

溫德倫：「是這傢伙！」

許思源：「是他！」

許思源的妻子不明所以，一臉錯愕。

他們同時快步上前，向著面前的青年喊出他的名字：「歐世遷！」

眾人之舉讓青年一臉錯愕，遂向面前的人問道：「請問你們是誰啊？我認識你們嗎？你們怎會知道我的名字？」從青年臉上表情可以得知，站在面前的眾人，他是一個也不認識。

「怎麼了……連自己的母親也認不出來了嗎？」姚彩妍激動得上前抱緊兒子的身體，哽咽著說。

「少爺……」管家的內心有著一種說不出口的心酸，畢竟從小到大是自己把世遷照顧到成人，早已是家人般的親密，而且大家還一起經歷了這麼多。

「難道你真的忘記了嗎？嘖！」溫德倫氣憤得發出嘖舌聲，更握緊拳頭，但這種氣憤並不是夾帶著怒氣，而更多的是不甘和不捨。

眼見這種情況，思源和他的妻子也尷尬得不知所措，只好作為旁觀者靜觀，不作任何聲響。

本來正在後台準備演出的藤原莉娜，突然感受到一剎那奇異的感覺劃過自己腦海的意識，紛擾著心神，氣息略微紊亂。深呼吸了一口氣，莉娜循著這種怪異的感覺走出後台，彷似受到莫名的驅使逐步走到大會堂的門前，環視四周。

「是藤原莉娜啊！」

「藤原莉娜在這邊啊！」

一群莉娜的擁躉粉絲瘋狂尖叫，並蜂擁上前使大會堂通道水洩不通。溫德倫等人的視線都朝著人群的方向轉移過去。

「別開玩笑了，站在那邊的女人你不會忘記了吧！」溫德倫語帶些微怒氣，並指向莉娜的方向對世遷說。

沒錯，這位青年就是歐世遷，從說話的口吻和聲線也絕對能夠判斷出這個人就是歐世遷。但他就是出奇地對眾人的說話和表情一臉錯愕，直至莉娜步近停在他的面前。

「各位好，感謝你們出席我的演奏會。」莉娜一邊走近朋友們，一邊高興地說。然而眼角的餘光中，看見且站在他們身後的身影，突然令莉娜的心急速跳動起來。

朋友們小步退開一道空間，不再遮蓋後面的人。

「歐……」頓時莉娜哽咽得再說不出半句話來，四年來的記掛、憂心、情意一瞬爆發，複雜之情意湧泉而來，莉娜直接淚崩。

「你們……直奇怪……說著奇怪的話，而她又忽然哭起來，到底是怎樣一回事，哈？」世遷一臉尷尬又夾雜著嬉皮笑臉，讓人沒好氣的感覺化解著局面。

「喂，別哭了！好歹也是個有名的音樂家，這裏很多人啊。這……送給你吧！就當作祝賀你演出成功！」世遷從衣袋裏忽然取出了一個小型的古箏模型擺設，贈給莉娜。

雙手接過對方給自己的禮物，莉娜擦著眼角的淚水說：「這種玩意……你真是個無聊大笨蛋！」

「大笨蛋？」世遷一頭霧水。

莉娜雙頰漸漸泛紅，表情恢復了生氣，而且不知不覺地變成了笑容。

「甚麼都不重要了……重要的是你回來就好了。」莉娜吸啜著鼻水，感動得淚眼婆娑地說。

再次的相遇，讓兩人之間飄盪著平靜溫暖的空氣。

放下力量，以平凡的身份活下去，這個晚上的音樂會就是他們重新認識的起點。從笙去認識歐世遷的音樂，重新去認識他的俠義之心，以奏樂伴隨著人生，各自走向不同的道路。

【全書完】

番外

在一個神聖的空間內，耶魯斯和洛斯達正在跟另一位神明討論著，這個神雖然看似祥和，但身上卻散發著讓人心生敬畏的強大氣息。祂以莊嚴的口吻說：「那個小伙子或許是將來適合的人選。」

「嗯……或許吧！但現在還不是時候。這孩子經歷得太多了，就讓他繼續過自己的人生吧！」耶魯斯語重心長地稟告著。

「每人忘記一次也很公平呢！就當作是對他們二人感情的考驗吧。哈哈哈！」洛斯達一臉傲氣地說笑著。

「喂喂，你還記得這個地方是他們兩人第一次真正相遇的地方嗎？我相信這樣的重新開始對於他們來說是一個最好的結局。」耶魯斯露出一副老朋友的表情，向洛斯達欣慰地提議。

洛斯達沒好氣地別臉過去，但卻懷著喜悅的心情替莉娜感到幸福。「歐世遷這小子，我允了！就讓他一輩子守護你吧！」

耶魯斯遠眺著浩瀚的宇宙，樣子滿懷歡欣，然後在心裏沉吟著：在這十年裏，我看盡了人類的軟弱和扭曲的世界。但另一方面，堅強的人和正直的人一直努力地活著。他們的信念確實為未來帶來了光輝，我相信人是可以改變的。

「世還，我一直以來把生日禮物都儲起來，現在一次過送贈給你，這次的新生命希望你可以放下過去的一切，為自己活下去！這次，就讓我成為你背後的守護者吧！再見了，伙伴！」

後記

創作《灰色奏樂》這個故事和歐世遷這個角色已有十幾年的時間，隨著時代的轉變，故事的內容也需要追上這種更新，否則對較年輕的讀者來說某些事物可能會看不明白，因此小說要重新修訂過一些情節。

在重寫第二集的過程中，我需要找回大約十年前寫下這個故事時的感覺，因此要不斷翻閱舊版的小說，這的確是一件不容易的事。翻閱的過程，彷彿在看年少的自己寫的一本日記一樣，內裏記載了自己青春的歲月和幻想。當完成這本《灰色奏樂II 背後的守護者》修訂版的時候，我有如重新審視一次自己的人生歷程，回眸一看才驚覺自己原來已經走得這麼遠，可能這就是別人所說的成長吧。

早在二零二零年籌備出版《灰色奏樂 混沌世界》十週年修訂版時，這本《灰色奏樂II 背後的守護者》修訂版已經在開始重寫。值得一提的是當時用手機存稿的我，突然在二零二一年的八月份弄壞了手機的底板，因此損失了一至六的章節。於是經過一番掙扎和思量後，我決定在九月份重新由序章開始再次書寫，然後用了一年多的時間，終於在二零二二年十一月完成整個故事內容的修訂。

另外在修訂這本第二集的時候，我時常在想到底要怎樣才能夠把十週年版的《灰色奏樂 混沌世界》的故事完整地延續下去。於是經過一番思量後，我終於想到把處長Samson這個角色寫下去，並透過與局長羅耀光的友情、與孫葵英的敵對、與歐世遷和溫德倫的互動，帶出角色的性格。同時，引用角色間的關係串連起整個故事的前因後果，架起一個屬於灰色奏樂的完整世界觀。前面將魔鬼這個角色給予羅耀光扮演，到後面魔鬼成為完全體脫皮而出，有自己的模樣，那是希望魔鬼一角能夠給讀者更實在的感覺。

本書最大的著墨之處是，把故事內所有檯面上的角色都加深了對他們各自背景的描寫。老實說，孫葵英是我在修訂第一集時一早已經想好了的伏線，而溫德倫的成長也是必須的情節，所以在故事裏我刻意地首次加入第一人稱的寫作手法，去描述溫德倫的心路歷程，讓他成為更有情感的角色，成為往後歐世遷最大的助力，他也是架起灰色奏樂故事最重要的配角。

至於男主角呢，如果要我去描述歐世遷的話，我會覺得他是一個「懂世故而不世故」的人。智者最大的悲哀就是看清了人的軟弱，而知愚昧無解，當這點質疑產生時，越是挖掘深思，越是感到可悲無力。所以他明白到和人相處，分寸感很重要，以誠待人也很重要。為人得體是保持恰當的距離感，他既不交淺言深，也不諱莫如深，很多時候讓其他角色清晰了解自己，所以懂世故而不世故，我覺得沒甚麼不好，因此使之成為了歐世遷的性格。而在這種性格裏，歐世遷和莉娜的感情互動也產生了一種微妙有趣的愛情，這是有別於一般愛情小說的發展，也是我期望做到的情趣寫作。

從《灰色奏樂II 背後的守護者》故事中看得出，生活從來就不是非黑即白的二元論，懂世故與不願意世故兩者不能混為一談，在灰色地帶中可以保持一種進退有度的微妙平衡，也就是「灰色奏樂」取名的初心。我希望這本第二集的修訂版能夠把過去或未來的《灰色奏樂》系列串連得更完整，彌補年少創作時技巧不足的缺失。

最後，感謝一直支持《灰色奏樂》的讀者和為本書撰序的吳海雅教授！希望在未來的日子裏，可以把《灰色奏樂》的故事搬上大銀幕，成為全世界都認識的香港英雄故事，讓我們擁有屬於自己文化的英雄電影，把笙樂文化弘揚天下，隋唐之後再創笙簧盛世。以樂揚善，習樂修身，奏樂平天下！

綠茶 君
二零二三年一月

Grey Symphony 2 - The Hidden Guardian

灰色奏樂II

背後的守護者

作者：綠茶
編輯：Margaret
設計：4res
出版：紅出版（青森文化）
地址：香港灣仔道133號卓凌中心11樓
出版計劃查詢電話：(852) 2540 7517
電郵：editor@red-publish.com
網址：http://www.red-publish.com
香港總經銷：香港聯合書刊物流有限公司
台灣總經銷：貿騰發賣股份有限公司
地址：新北市中和區中正路880號14樓
電話：(886) 2-8227-5988
網址：http://www.namode.com
出版日期：二零二三年七月
圖書分類：流行讀物／小說
ISBN：978-988-8822-57-7
定價：港幣一百四十八元正／新台幣五百九十圓正